고층 입원실의 갱스터 할머니

양유진 에세이

고층 입원실의 갱스터 할머니

남몰래 난치병 10년 차,
'빵먹다살찐떡'이
온몸으로 아프고
온몸으로 사랑한 날들

21세기북스

빵먹다살찐떡, 양유진

이젠 쿨하게 넘기고 싶지 않은, 아프게 소중한 나의 기억들

반갑습니다. 사람 사는 이야기로 영상을 만드는 크리에이터 '빵먹다살찐떡'이자 배우 양유진입니다. 크리에이터라는 직업은 코로나19가 발생하고 모두가 자가격리를 하던 대학생 때 시작하게 되었는데요. 연기 전공을 살려 할 수 있는 재미있는 일이 뭐 없을까 하는 마음으로 시작해 지금은 유튜브 100만, 틱톡 150만, 인스타그램 40만 명의 사람들과 함께 살아가고 있습니다.

숫자로만 보면 팀으로 움직이는 대기업 채널 느낌이 물씬 나지요? 최근 들어서는 비즈니스 파트너를 만나 그분들로부터 체계적인 도움을 받고 있지만, 꽤 긴 시간 동안 저 홀로 채널을 운영해왔습니다.

그래서인지 여전히 채널의 구독자 수에 비해 제가 만들어내는 콘텐츠가 엄청난 퀄리티가 있거나 대단한 메시지를 담아내고 있진 못합니다. 앞으로 조금씩 성장해갈 테지만 지금과 비슷하게 사람들이 사는 이야기 혹은 제 이야기, 세상의 다양한 시각들을 담아 공유할 생각입니다. 아무튼 저는 사람들을 좋아하고 그것으로 영상을 만들고 소통하기를 너무나 좋아하는 사람입니다.

사람 사는 이야기가 담긴 친숙한 콘텐츠와 거리낌 없는 제 성격 덕인지 제 채널에는 시청자들과 서로 깊은 유대감을 나누는 소통 문화가 형성되어 있습니다. 저는 영상으로, 시청자들은 댓글로 일상의 이야기와 생각을 주고받으면서 자연스레 이런 문화가 생겼죠. 오랜 친구처럼 서로 놀리고 괴롭히는 댓글이 주를 이루지만, 동시에 서로를 응원하며 공감하고 있습니다. 제가 배우로 참여하게 된 것도 현장에 있던 시청자가 기회를 제공한 덕분입니다. 배우로 작업하면서도 시청자들이 보내주는 응원과 격려를 한껏 느꼈습니다.

제 성격이 유쾌한 편이기도 하고, 또 시청자들과 즐겁게 소통하는 코미디 영상을 주로 제작하다 보니 깊고 진한 이야기들은 잘 꺼내지 못했습니다. 고민 상담이나 그 외의 소통을 할 때마다 영상에서는 좀 더 적극적으로 설명할 수 없는 부분들도 있었습니다. 그래서인지 책을 써보겠느냐는 제안을 받았을 때 이때다 싶은 생각도 들었습니다. 하지만 글은 자주 써왔어도 책을 열심히 읽는 사람은 아니었기에 많이 고민했습니다. 한편으로는 저의 부족한 부분이 드러날까 봐 주저하기도 했어요.

긴 고민 끝에 그 어떤 매체보다 '글'을 통해 제 이야기를 진정성 있게 잘 담아낼 수 있을 거라고 판단했습니다. 저를 사랑해주시는 분들로 인해 제 이야기가 주는 힘을 느꼈기에 책을 한번 써보자는 조금 무모한 결정을 내렸습니다.

영상을 몇 개라도 보신 분이라면 제가 조금은 유별나다

고 생각하실 것 같아요. 사실 전 잘 모르겠어요. 사석에서든 인터뷰 같은 공식적인 자리에서든 저라는 사람에 대한 질문을 꽤 많이 받아왔습니다. 크리에이터와 배우라는 직업을 갖기 전에도 그랬고, 갖은 후에도 그런데요. 지금의 저를 설명하기 위해서는 여전히 영향을 받고 있는 과거의 경험을 풀어놓아야 했습니다.

하고 싶은 이야기였지만 하나의 에피소드마다 30분은 족히 넘어가니 슬슬 설명이 단순해졌고, 약간 공인처럼 되었을 땐 그냥 두루뭉술하게 넘겼습니다. 과거를 들춰내 유쾌한 분위기를 진지하게 만들고 싶지도 않았고요. 그렇지만 이젠 더 이상 제 소중한 경험을 '쿨하게' 넘기고 싶지 않다는 생각이 들었고, 때마침 기회가 찾아왔습니다. 이 기회를 통해 진심을 다해 지난 이야기들을 풀어내려 합니다.

제 지난 이야기들은 꿈 많은 어린아이가 난치성 희소병을 앓게 되고 많은 생사의 갈림길에서, 또 그로 인해 주어진 다양한 환경과 상황 속에서 배운 것들에 대한 내용입니다. 아직 스물다섯이라는 어린 나이이지만 제 나이 또래 친구들에게는 공감이나 위로를, 어린 친구들에게는 용기를, 그리고 다양한 경험을 이미 하고 있는 어른들에게는 하나의 새로운 시각으로 전달되었으면 좋겠습니다.

부단히 노력했으나 재치가 넘치거나 멋들어지게 써나가진 못한 것 같습니다. 아무래도 처음이다 보니 좀 더 자유롭게 까불지 못했어요. 왜 항상 첫 시도에는 망설이고 소심하게 굴다 끝나갈 때쯤에서야 자신감을 찾게 될까요? 아, 아직 자신감 찾을 때 아니에요? 아무튼 시작은 역시 어렵습니다. 지나치게 담백하거나 밍밍하더라도 제 진심을 꾹꾹 눌러 담았으니 넓은 마음으로 꾹꾹 참고 견뎌주세요. 제가 지금 이 순간에 집중할 수 있는 이유, 늘 미친 듯이 뭔가를 하고 있어도 힘들지 않은 이유가 이 책에 옮겨 적은 다양한 경험 속에 담겨 있습니다.

이 이야기를 풀어낼 수 있게 손을 내밀어준 21세기북스와 망설이는 제게 용기를 준 이로빈 매니저님 고맙습니다. 늘 사랑스러운 에너지를 전해주는 티켓투더문 김지민 대표님과 현명한 삶에 대해 알려주는 김수현 선생님 고맙습니다. 시야가 닫힐 때마다 멱살 잡고 세상 밖으로 끌고 나와준 방랑자들과 공칠이들, 양 작가 쓰리잡 힘내라고 열심히 놀려준 주변 지인분들, 책 쓰느라 밤새우는지도 모르고 영상 지각하면 열심히 갈궈준 빵쟁이들은 발톱 정도 고맙습니다. 늘 곁에서 챙겨준 양창모 씨, 이영자 씨, 양희수 군, 양유현 양, 무지개다리 건너 자빠져 자고 있을 양간지 군, 날 그저 커다란 동료 고양이로 생각하고 있는 빵린리먼로 1세, 그 외에 곁을 지켜주는 모든 분께 참 감사한 마음 전달합니다. 감사랑합니다.

차례

2부 – 되어가는 이야기 : 꿈은 살아남는 데 도움이 된다

3부 – 지금 이야기 : 방구석 극장으로 당신을 초대합니다

4부 – 가족 이야기 : 모든 길은 우리 집으로 통한다

나가며

1부

있었던 이야기

루푸스라는 친절한 친구

인생이 너무 일찍 바나나를 주더라

보통 청소년 시기의 별명은 외모의 특징이나 특이한 이름에서 붙여진다. 내 별명은 양파링, 양대가리, 양상추, 양고기 등 내 성인 '양'으로 시작하는 다채로운 별명이 주를 이뤘었다. 그러다가 중학교 3학년 2학기 겨울, 내 별명이 갑자기 '바나나소녀'로 바뀌었다. 사실 '소녀'라는 단어가 붙지는 않았었는데 귀여워서 괜히 한번 붙여봤다. 중3 겨울즈음 내 피부가 바나나처럼 노랗게 익어가기 시작하면서 붙여진 별명이다.

"오, 거의 바나나 아님? 바나나 속살 말고 껍질이요~."

친구들이 지어준 별명에 그저 기분이 좋았을 뿐, 왜 피부가 점점 노랗게 뜨고 있는지에 대해서는 관심이 없었다. 단지 '바나나'라는 별명으로 중학교에서의 생활을 마무리하고 방학을 맞이했을 뿐이다.

공부방을 운영 중이었던 엄마는 교육 종사자답게 좋은 교육 환경에 대한 열망이 있었다. 그 덕에 나는 엄마의 전폭적인 지원으로 고등학교 진학 전 겨울방학에 서울대입구역에 있는 한 입시 학원에 다니게 되었다. 당시 스케줄을 돌이켜보면 어떻게 했나 싶다. 아침에 눈을 뜨면 오전 7시에 집에서 출발해 학원에 도착했다. 밤 9시까지 학원에서 공부하다 집에 돌아오면 숙제를 마무리하고 잠자리에 들었다.

학원에서는 친구들과 식사를 해결해야 했는데 나도 몰랐던 나의 내성적인 성격 탓에 엄마가 든든하게 챙겨 먹으라고 쥐여준 카드가 있어도 계단에서 혼자 급하게 포켓몬빵을 먹어 치우고는 얼른 공부를 시작했다. 빵이 너무 물리는 날이면 화장실 칸에 들어가 김밥을 먹었다. 왜 김

밥 쌀 때 단무지를 빼달라고 하는지 너무 어린 나이에 알아버렸다. 돌이켜보면 혼자 밥 먹는 모습을 누군가에게 보이기 싫어서였던 것 같다. 그렇지만 여러분이 생각하는 것처럼 당시에는 그런 내 모습이 딱히 속상하진 않았다. 참으로 미련했지만 그때의 나는 그게 너무 재미있었다. 내가 좀 귀여웠고 나름 웃긴 경험이라고 생각했다.

밤낮없이 지속하던 공부와 부실한 식습관으로 인해 내 얼굴은 급속도로 바나나가 되어가기 시작했다. 굴하지 않고 여느 날과 같이 학원에 가기 위해 눈을 떴는데 앞이 보이지 않았다. 엄마를 불러 일어날 수 없다고 이야기했지만, 양치기 소년처럼 이전에도 계속 힘들다고 노래를 불러온 업보로 엄마는 대수롭지 않게 넘기며 얼른 일어나라고 다그쳤다.

그렇게 일어나려는 순간 다시 앞이 보이지 않았고 나는 그대로 주저앉았다. 마침 함께 있던 이모가 망아지 걸음을 걷는 나를 보고는 생각보다 심각할 수도 있겠다며 나를 데리고 집 앞 소아과병원으로 갔다.

가자마자 피검사를 했다. 피가 나오지 않아 매우 소량으로 간신히 피검사를 하자마자 대기실에 앉아 기다리고 있던 나를 향해 간호사 선생님이 휠체어를 밀고 뛰어왔다. 이어 의사 선생님은 나에게 검사 결과를 보여주며 살아 있는 게 기적이라고 말했다. 당장 대학병원으로 가야 한다고 했다. 놀란 엄마가 병원으로 달려와 나를 데리고 급히 대학병원 응급실로 향했다. 하지만 아쉽게도 당시 병명은 '알 수 없음'이었다.

응급실에서도 정확한 병명을 알 수 없자 입원 후 정밀검사를 진행했다. 골수 검사까지 받았다. 온갖 검사 결과 나온 나의 병명은 난치성 자가면역질환 '루푸스'였다. 나를 보호할 면역체계에 이상이 생겨 아무 문제 없는 건강한 내 몸을 스스로 공격하는 것이다. 바나나와 같이 변한 이유는 황달 때문이었다. 내 몸 안에 있는 건강한 적혈구가 면역체계 이상으로 내 몸에 의해 파괴되고 있었기 때문에 빨간 피가 점점 사라져 노랗게 변해갔던 것이다.

자가면역질환 증상 중 네 가지 이상이 나타나야 루푸

스라는 병명으로 불린다. 그 당시에는 혈액에만 이상 반응이 있었기에 루푸스는 아니었지만, 안타깝게도 그 이후로 증상 도장 깨기에 성공해 루푸스 진단을 받았다. 난치성이라는 무서운 병명과 달리 생존율이 90퍼센트나 되는 생각보다 온순한 병이다. 생존해나가는 과정이 매우 불편하지만 함께 잘 살아가면 되는 질병이다.

즐겁게 지내다가 바나나라고 놀림받기. 그리고 뒤이은 일들은 아직 어린 나에게 큰 절망일 수도 있었다. 살던 곳이 아닌 서울로 나가 공부하며 당황스러울 정도로 내성적인 성격 탓에 밥도 제대로 안 챙겨 먹기. 몸이 안 좋아져 병원에 갔더니 검사 결과 난치병이라는 말 듣기. 어린 나이에 받아들이기 어려운 일의 연속인데도 나는 어떻게 아무렇지도 않을 수 있었을까? 엄마는 매우 힘들었겠지만 나는 정말 아무렇지도 않았다. 나는 타고나기를 과도할 정도로 긍정적인 사람이었다. 너무 긍정적이야.

바나나라고 놀림당하는데 '헉, 나의 별명이 하나 더 생겼군. 오히려 좋아', 계단이나 화장실에서 밥 챙겨 먹으면서 '오, 이거 친구들한테 썰 풀면 재밌겠는데. 나름 투명 인간이 된 것 같고 좋군', 병원에서 입원해야 한다고 했을 때 '학교 안 가나요? 아싸! 입원해보고 싶었는데 오히려 좋아', 난치병에 걸렸다고 했을 때는 '아, 이건 좀 아니긴 한데. 그래도 뭐 이참에 매일매일이 마지막인 것처럼 살아보자'라고 생각했다.

이런 나의 성향은 성인이 되어가면서 조금씩 달라지긴 했지만 지금도 위기 때마다 빛을 발한다. 아무리 절망적이어도 조금만 비틀어 바라보면 나름 나쁘지 않은 구석이 있다. 만일 성인이 되어 난치병 판정을 받았더라도 똑같은 반응이었을 것 같다.

아무리 좋지 않은 일이 일어나도 묵묵히 받아들이고 그 상태에서 즐거움을 찾으려는 내 모습이 사실 때로는 너무 안쓰럽기도 했다. '조금이라도 슬프면 울고, 화나면 화내고, 절망적이면 좀 웅크려 있어도 될 텐데 왜 저렇게 긍정적일까?' 어릴 적 그 상황 속에서 싱글벙글 웃고 있는 내가 너무 슬퍼 보이기도 했다. 하지만 위기를 잘 견뎌내는 나만의 방식이기에 그런 내 모습도 나는 나름 괜찮고 멋지다고 생각한다.

그럼에도 해소되지 않는 버거움은 창작으로 풀어보려 했다. 다행히 그림이나 영상 같이 내가 표현할 수 있는 것들이 있었다. 절망스러운 일이나 이겨내야 하는 일들을 찌푸리고 부정적으로 극복하기보단 싱글벙글 웃으며 유쾌하게 이겨내면 좀 더 빠르게 힘을 내 극복할 수 있었다. 물론 무조건 긍정적으로 이겨내려고 하면 더 힘들기 때문에 생각만 전환해야 한다.

"어차피 큰일 난 거 일단 점심 먹고 해결해보자."

이 루푸스라는 친절한 친구는 내 인생의 모든 중요한 순간에 타격을 주었다. 내 발목을 잡았고 실패라는 결과를 손에 쥐여주었다. 처음 병을 알았을 때처럼 매번 아무렇지 않게 극복하는 건 불가능했다. 하지만 유쾌하고 조금은 괴짜 같은 긍정적인 내 성격이 나를 여기까지 끌고 왔다. 생각의 전환, 그리고 긍정적으로 생각하기. 진짜 큰 일이 났을 때 조금만 비틀어 생각해보자고 마음먹는다. 조금만 넓게 보고, 조금만 천천히 생각해보고, 조금만 진정해보자. 아, 맞다. 오늘 영상 안 찍었는데, 오히려 좋아. 오늘 하루 쉬지 뭐.

외모보단
내모가 레전드

한때 외모로만 남을 평가하느라 누군가의 진가를 온전히 알아보지 못했고, 나 자신도 그 틀 안에 갇혀 살았다. 지금은 하나의 계기로 생각이 바뀌어 조금은 자유로워졌지만, 그때의 나는 외모 문제로 무척이나 힘들었던 것 같다.

루푸스 발병 후 약물치료를 시작했다. 내가 처방받은 약은 효과가 제일 좋았지만 부작용도 제일 심한 독한 약이었다. 대표적인 부작용은 '문페이스moon face'로 얼굴 옆면에 지방 퇴적물이 생겨 얼굴이 달처럼 둥글게 되는 것이다. 그와 동반되는 다른 증상은 불면증과 기분장애, 그리고 과포화증 등이었다. 약물치료를 시작하기 직전 주치의 선생님은 한창 사춘기인 소녀가 걱정되었는지 중간에 약을 끊으면 절대 안 된다고 신신당부했다. 나는 부작용에 대한 위기의식을 전혀 느끼지 못했고 그렇게 약물치료를 시작했다.

약을 먹기 시작하고 일주일이 지난 후, 얼굴에 둥근 달이 떴다. 고등학교 입학을 앞두고 있었지만 내겐 전혀 걱정거리가 아니었다. 그저 재미있는 에피소드가 하나 더 늘었다고 생각했을 뿐이었다. 점점 부어가는 내 얼굴이 너무 웃겨 친구들과의 톡 방에 내 얼굴 사진을 공유했다. 원래도 볼살로 친구들과 장난치고 놀았던 터라 늘어나는 볼살을 자랑스럽게 생각했다.

그러나 얼굴은 생각 이상으로 부어올랐다. 얼굴을 지나 온몸 구석구석에도 지방이 쌓이고 피부가 트기 시작했다. 한 달 전에 맞춘 교복이 불편해질 정도였다. 지나치게 변해버린 탓에 거울 보기가 힘들었다. 책을 보려고 고개를 숙이면 빵빵한 볼 때문에 책이 보이지 않았고, 걸어

다닐 때마다 온몸의 지방이 흔들려 항상 부작용을 인지하며 살았다. 밖을 향해 뻗어 있던 내 시선이 슬금슬금 안으로 향했다.

고등학교에 입학한다는 건 그 나이대에 느낄 수 있는 설렘의 최대치를 맛보게 해준다. 나 역시 설레는 마음으로 학교에 갔다. 한편으로는 많이 두려웠고 조금은 의기소침해져 있었다. 내 바뀐 얼굴로 새 친구들을 사귈 자신이 없었다. 내 얼굴이 너무나 못나 보였다. 이때까지만 해도 내 자존감의 기준은 외모가 전부였던 모양이다. 외모가 아닌 나의 다른 부분을 스스로 특별하다고 느끼거나 다른 사람들로부터 칭찬받은 기억이 별로 없었던 것 같다. 부작용을 겪는 동안 자존감이 바닥나고 내 태도와 생각이 변하는 걸 느끼면서 지금까지 내가 지나치게 외모에만 신경 쓰고 있었다는 걸 깨달았다.

입학식 당일, 강당에서부터 내가 큰 화젯거리라는 걸 알게 되었다. 중학교 때와 사뭇 달라진 나의 외모 탓에 대부분의 친구들이 나를 상대로 대놓고 놀라는 반응을 보였다. 일부 친구들은 나를 앞질러 달리다가 누군가 자신을 부르면 뒤돌아보는 척하며 내 얼굴을 구경하기도 했다. 한창 외모에 민감할 사춘기 청소년들 사이에서 방학 동안 완전히 달라져 나타난 친구의 모습은 충격적일 수밖에 없었을 것이다. 충분히 이해한다.

강당에서 시작된 아이들의 목격담 속 나는 성형 부작용을 앓고 있거나 폭식증을 앓고 있는 사람이 되어 있었다. 지나가다가 대놓고 왜 이렇게 살이 찌고 못생겨졌냐고 물어보는 친구도 있었다. 자연스럽게 대인기피증과 우울증이 생겼고, 외모가 전부라는 생각과 함께 점점 외모지상주의에 수긍하고 있었다.

그런 격동의 시기에 내가 만난 반 친구들은 꽤 무해했으며 놀 땐 놀고 할 땐 하는 좋은 분위기를 조성하는 친구들이었다. 같은 중학교에서 올라온 친구들도 몇몇 있었는데, 차갑게 대할 줄 알았던 내 예상과 달리 전과 똑같이 대해주었다. 반 친구들도 마찬가지였다. 나는 간당간당 붙어 있던 나의 외향적인 성격을 전면에 내세워 친구들과 어울리기 시작했다. 그러나 여전히 외모에 대한 콤플렉스로 생각이 엉켜 있던 나는 친구들에게 의문이 들었다.

즐겁게 놀던 어느 날, 나는 궁금증을 참지 못하고 친구들에게 얼굴이 뚱뚱해져버린 나와 왜 함께 어울리는지 물어보고야 말았다. 5초 동안 정적이 흘렀고, 한 친구가 그게 뭐가 중요하냐고 말했다. 진지해진 친구의 모습에 나도 모르게 솔직한 내 마음을 전부 털어놓았다. 친구들도 묵혀두었던 이야기가 많았는지 함께 많은 대화를 나눴다. 친구들은 텅 비어 있던 내 자존감에 외모가 아닌 '나, 그 자체'를 쓱 넣어주었다. 그리고 나에게는 유쾌하고 밝은 성격과 그 이외의 많은 장점이 있다고 알려주었다.

부작용을 계기로 외모에 대한 내 생각을 고쳐먹었다. 외모로 평가받기 싫은 만큼 나도 다른 사람을 외모로 평가하지 않겠다고 다짐했다. 또한 이런 내 외모도 하나의 특별함이 될 수 있으니 자신감을 갖자고 마음먹었다. 그 외에도 내 안에 있을 여러 가지 장점들을 찾아 나서기로 했다.

꾸준한 운동과 관리를 통해 부작용이 점차 사라지면서 나의 대인기피증과 우울증도 사라졌다. 그 과정에서 오히려 나를 받아들이고 성장시키는 긍정의 힘을 얻었다. 또한 외모가 그 사람의 전부가 아니라는 하나의 깨달음은 사람을 제대로 볼 수 있는 눈을 갖게 해주었다.

가끔 시청자들은 내 자존감이 부럽다고 이야기한다. 고민 상담 콘텐츠를 진행하다 보면 외모에 대한 고민이 무척 많다. 그만큼 나이와 성별에 상관없이 많은 사람들이 외모에 신경 쓰며 산다는 걸 느낀다. 외모는 겉으로 드러나는 전부이기에 큰 강점이 될 수 있다. 그러나 외모만을 본다면 그 사람의 진가를 제대로 알 수 없다. 부작용으로 인해 겪어야 했던 아픈 시간이었지만 내게 꼭 필요한 값진 경험이었다.

네가 보기엔 콤플렉스,
내가 보기엔 국보급

가끔 나의 영상에 자존감이 높아 보여 부럽다는 댓글이 달린다. 실제로 내 자존감이 높은 편이라고 생각한다. 가끔 여러 가지 종잡을 수 없는 일들이 펼쳐지면 내 자존감 또한 낮아졌다 높아졌다를 반복하지만 적정선 아래로 떨어지진 않는 것 같다. 그런 나도 루푸스에 걸리기 전부터도 자존감이 매우 낮아 꽤 힘들어하던 시기가 있었다.

나는 태어날 때부터 이마가 봉긋하고 넓었다고 한다. 나 스스로 부끄러워하진 않았지만 초등학교 4학년 때부터 친구들이 태평양 이마라고 놀리기 시작했다. 눈썹도 아버지를 닮아 진하고 가운데가 이어져 있었는데 이 때문에 태평양 위에 갈매기가 떠다닌다는 놀림을 자주 받았다. 놀림을 받아도 그저 재미있는 장난으로 여겼고 나 스스로 내 눈썹을 부끄럽게 생각하지 않았다. 시간이 지나 나에게도 사춘기가 찾아올 무렵인 중학교 1학년 때부터 앞머리를 내려 이마와 눈썹을 가리기 시작했다. 분명 나 스스로 부끄럽지 않다고 생각했었는데 친구들의 놀림을 받은 이후부터 숨겨야 할 단점이 되어버렸다.

체육시간에 계주를 뛰거나 바람이라도 불면 앞머리를 사수하기 바쁜 매우 불편한 학창 시절을 보내야만 했다. 고등학교 3학년이 되어 연기과 입시를 준비할 때는 앞머리를 길러 옆으로 넘겼다. 머리칼을 기르는 동안 사람들의 시선이 너무나 신경 쓰였고, 다 길러 옆으로 넘기고 다니면서는 친구들에게 너무 이상해 보이지 않냐며 내가 먼저 나서서 나 자신을 깎아내렸다.

그런 내 생각과 달리 주변에서는 앞머리가 없는 게 훨씬 좋아 보인다고 이야기했다. 그런 이야기를 들은 이후로는 앞머리를 까고 이마와 눈썹을 자랑스럽게 내놓고 다녔다. 입시가 끝나고 앞머리를 어떻게 할 것인지 고민했는데, 그 고민은 나의 콤플렉스에 대한 인식으로 이어졌다.

처음에는 이마와 눈썹에 대해 별다른 생각이 들지 않았었다. 주변에서 이마가 넓고 웃기다는 놀림을 받은 이후로 부끄럽게 느끼기 시작했다. 그러다가 사람들에게서 예쁘고 잘 어울린다는 말을 듣고 나자 이마가 다시 자랑스러워졌다. 그저 내가 귀가 얇은 사람이라고만 생각했으나 이런 내 생각이 콤플렉스의 연장선이 되는 걸 느끼며 단순하게 넘길 수 없었다. 남들이 하는 말에 따라 콤플렉스가 되기도 하고 아니기도 했던 것이다. 나의 큰 엉덩이, 볼살, 직각 어깨 같은 외모뿐만 아니라 또래 친구들보다 화끈하고 털털한 성격, 큰 웃음소리, 낮은 목소리, 예민한 성격도 나의 콤플렉스였다.

어느 날 내 엉덩이가 너무 크다고 이야기하는 친구 덕에 엉덩이를 가리는 오버핏 사이즈의 티셔츠만 입고 다녔다. 입시를 준비하다가 엉덩이가 신체에서 가장 큰 장점이라고 이야기해주는 무용 선생님의 말에 한때는 레깅스만 입고 다녔다. 일을 할 때 너무 예민하고 쓸데없이 작은 부분에 집착한다는 지적을 듣고는 그렇게 보이지 않으려 스트레스를 받을 정도로 나를 컨트롤했다. 그러나 현재 함께 채널을 일궈나가고 있는 매니저 로빈 님은 나의 예민하고 섬세한 성격이 누구나 편하게 볼 수 있는 영상을 만들 수 있게 해준다고 말했다. 그날 이후로 나는 더 작은 부분까지도 놓치지 않으려 노력한다.

누구는 나의 큰 엉덩이가 이상하다고 하는가 하면 누구는 부럽다고 한다. 누구는 낮고 울림 있는 목소리가 이상하다고 하지만 누구는 진정성이 잘 담긴다며 칭찬한다. 누구는 나의 화끈하고 털털한 성격이 우악스럽다고 하지만 누구는 시원시원해서 보기 좋다고 한다. 이렇게 똑같은 나의 모습이라도 각자의 취향과 원하는 것에 따라 얼마든지 다르게 볼 수 있다는 걸 알게 되었다. 그렇다면 내가 나의 그런 구석들을 자랑스럽게 생각하고 스스로 칭찬한다면 어떨까? 타인의 말 한마디에 콤플렉스가 될 수도 있는 부분을 좀 더 깊이 있는 인식과 사고의 전환으로 잘 지켜낼 수도 있지 않을까. 그러면 나의 콤플렉스를 오히려 사랑하고 예뻐하며 잘 살아갈 수 있을 것 같다.

어차피 타인에게서 칭찬을 받아야 자랑스러워진다면 타인이 아닌 내가 먼저 나에게 칭찬해주는 것이다. 지금도 여전히 부족하게 느끼는 부분이 있고, 극복하기 어려운 콤플렉스 또한 가지고 있지만 끊임없이 나 자신에게 칭찬해주고 있다. 완전히 극복하진 못하더라도 나 스스로 아끼고 예뻐하려 노력하고 있다.

예를 들면 이런 식이다. '유진아, 너 원숭이 닮은 거 인정하지? 원숭이들 중에 최고로 예쁘고 귀여운 원숭이 닮았다. 네 인중? 역대급 귀요미 레전드다. 이런 인중 어디 가서 못 본다.' 사춘기 때부터 시작된 작은 생각의 전환이 지금까지 지속되며 나의 자존감을 지켜주고 있는 듯하다.

끈끈한 우리들의 서프라이즈 헌혈증 파티

너무나 감사하게도 나는 중학교 1학년 때부터 어울리던 일곱 명의 친구와 지금까지 함께하고 있다. 친구들이 모여 하나의 공동체를 이루고 살아간다는 게 얼마나 큰 힘이 되는지 잘 안다.

지금은 모두 사회인이 되어 각자의 역할을 충실하게 해내느라 예전처럼 가까이 지내지는 못한다. 매일 함께 생활하던 학창 시절, 나는 '친구'라는 존재에 대해 끊임없이 의심하고 남몰래 서운해하곤 했다. 아마도 너무 좋아해서 내 일부라고 생각했기 때문인 듯하다.

성격과 취향, 노는 스타일마저 비슷했던 나와 친구들은 서로를 자랑스러워했다. 나름 선생님들의 사랑을 받던 무리였기에 더욱더 자랑스러웠던 것 같다. 서로에게 많이 의지하고 함께 성장하던 어느 날 갑작스레 나에게 병이 찾아왔고, 이후로 오랫동안 나는 병원생활을 했다.

동네에서 두 시간 반가량 떨어져 있는 병원에 입원했는데, 며칠 지나지 않아 그새 친구들이 보고 싶어졌다. 꿈과 희망으로 가득했던 어린 나에게 병원생활은 꽤나 큰 아픔이었다. 친구들과 함께하면 다시 건강했던 내 모습으로 돌아갈 수 있을 것만 같았다. 우리 사이라면 굳이 말하지 않아도 당연히 친구들이 병문안을 올 거라 믿고 기다렸다. 하지만 친구들은 바로 오지 않았고, 퇴원을 앞둔 즈음 한 번 찾아온 게 전부였다.

한 번이든 두 번이든 먼 거리에 있는 병원까지 찾아와 준 것만으로도 고마운 일이지만 그때의 나는 적잖은 충격을 받았다. 입원생활 내내 친구들에게 서운함을 느끼며 나를 진정한 친구로 생각하는지 의심했다. 내가 참석하지 못한 체육대회인데도 친구들이 즐겁게 놀았다는 소식에 실망과 소외감을 느꼈다.

그런 나의 마음을 친구들에게 솔직하게 이야기하지 못하는 나의 성격은 나를 더욱 의기소침하게 만들었다. 하루도 빠짐없이 연락하던 우리는 점점 연락 횟수가 줄어들었고 어느 순간부터 나는 친구들의 연락을 아예 받지 않았다. 친구들과 이야기를 나눠볼 시도조차 하지 못한 채 나 혼자만의 생각에 사로잡혀 벽을 세웠다. 몹시 시무룩해진 채로 퇴원해 일말의 기대도 없이 학교로 돌아갔다.

반갑게 맞아주는 친구들을 보며 미소를 지었지만 그 얼굴 뒤편에는 의심이 가득했다. 내가 제일 힘들 때 내 옆에 있어주지 않았다는 사실로 친구들의 마음을 의심하고 부정했다. 그렇게 학교에서의 찜찜한 하루를 마무리하고 여느 때처럼 우리들의 아지트인 버거집으로 갔다. 학교 앞에 있는 버거집이었는데 저 멀리 다른 학교에 다니는 친구들까지 찾아왔다. 열 명이 넘는 아이들이 옹기종기 모여 앉아 버거를 먹으며 일상을 나눴다.

그러다 갑자기 친구들끼리 눈빛을 교환하더니 가방에서 종이 뭉텅이를 꺼내기 시작했다. 친구들끼리 주고받는 신호에 아무것도 모르던 나는 상황을 파악하느라 바빴고, 그 와중에 나만 빼놓고 친구들끼리 재미난 걸 하고 있다는 생각에 또다시 의기소침해졌다. 갑자기 진지해진 친구들이 버거를 내려놓고 들고 있던 종이를 모아 내게 건넸다. 나는 어안이 벙벙해진 채 친구들이 건네는 종이를 받아들었다. 그 종이는 바로 헌혈증이었다.

입원 직전, 응급실에 머무는 동안 적혈구 수치가 잡히지 않을 정도로 부족해 계속해서 수혈을 받아야 했다. 그 과정에서 응급 시 먼저 헌혈을 받으려면 헌혈증이 있어야 하는데 그렇지 못해 위급한 상황이 종종 있었다. 위기를 넘기고 친구들과 통화하며 헌혈증이 없어 죽다 살아났다고 지나치듯 이야기한 적이 있다.

한 친구가 그 이야기를 기억했다가 내가 입원해 있는 동안 친구들과 인맥을 총동원해 헌혈증을 모은 것이다. 헌혈증이 자그마치 100장이 넘었다. 그때 나는 헌혈증이 많이 필요했다. 다시 수혈받기 위해서도 그렇고, 또 응급실에서 수혈받은 치료 비용도 감당하기 어려웠기 때문이다.

헌혈증을 보자마자 나는 벙찐 채로 질문을 쏟아냈다. 헌혈증을 구하고 있다는 건 알고 있었지만 뜻대로 되지 않아 중단한 줄로만 알고 있었다. 그런데 어떻게 그렇게 많은 헌혈증을 구했는지 놀랍기만 했다. 몇몇 친구들은 벙찐 내 표정이 재미있는지 동영상을 찍었다.

친구들은 자기들이 얼마나 고생해서 헌혈증을 모았는지 신이 나서 무용담처럼 늘어놓았다. 친척의 동생에, 동생의 친구에, 선생님의 제자에, 옆 학교에 뒤 학교까지 안 물어본 곳이 없다고 했다. SNS에 올려 헌혈증을 구하면 조금은 편했겠지만 내가 그걸 보면 불편해하거나 치료에 집중하지 못할 것 같아 조용하게 열심히 찾아 다녔다고 했다.

헌혈증을 구하면서 있었던 여러 가지 재미있는 에피소드를 들으며 웃고 있었지만 내 마음 안에는 미안하고 고마운 마음이 가득했다. 어떻게 병문안 한번 오지 않냐며 우정을 의심했던 나 자신이 너무 바보스러웠다. 나는 그동안의 내 마음을 친구들에게 솔직히 털어놓으며 미안하다고 사과했다. 친구들은 그런 줄 알고 있었지만 강하게 키우려고 그냥 두었다며 유쾌하게 받아주었다. 친구들이 구해준 헌혈증 덕분에 이후 응급 상황에 놓여도 신속하게 수혈받아 잘 넘겼고, 치료비로 상황이 어려울 때도 큰 도움을 받았다.

마음은 보이는 것만으로 판단할 수 있는 영역이 아님을 느낀다. 이 일 이후로 나는 더 이상 누군가의 마음을 함부로 판단하지 않으려 노력한다. 혼자 시무룩해 있던 경험이 있기에 누군가 그렇게 느낄 것 같으면 조금씩 챙기기도 한다. '헌혈증 사건' 이후로 우리는 더욱더 끈끈해졌고, 어떤 일이 있을 때마다 서로 도울 수 있는 것들을 조용히 찾아본다. 내가 열심히 즐겁게 사는 이유 중 하나는 바로 이 친구들 덕분이다. 지금 나의 삶은 친구들이 선물해준 것이나 마찬가지이기 때문이다.

친구들이 마련해준 헌혈증과 보살핌이 없었다면 지금 내가 어떤 모습으로 살아가고 있을지 상상하기 어렵다. 사실 상상하고 싶지도 않다. 내가 가장 힘들었을 때 친구들이 뒤에서 묵묵히 도와주었던 것처럼 나도 그들에게 도움을 줄 수 있는 존재가 되고 싶다.

온전히 받아들인
내 안의 환자분

내가 절대 하고 싶지 않은 실수는 누군가의 마음을 아프게 하는 일이다. 살면서 해봐야 하는 실수도 있지만, 누군가에게 상처를 준 실수는 내 인생의 자양분이 되는 경험이 아니라 죄책감과 후회만 남길 뿐이다.

가끔 나의 이해할 수 없는 행동들은 아마 내가 극도로 누군가의 마음을 신경 쓰기 때문이 아닐까 싶다. 이번 이야기에는 발병한 지 얼마 되지 않았을 때 현실을 받아들이지 못하고 뒤틀린 생각들로 주변 사람들에게 큰 상처를 준 에피소드와 그에 대한 내 마음이 담겨 있다.

자가면역질환인 루푸스는 겉으로 티가 나는 병이 아니다. 물론 눈에 띄게 발현되는 증상들도 있지만, 지금까지 내가 겪어온 증상들은 특별히 두드러지게 드러나지 않았다. 그렇기 때문에 갑작스레 고통이 찾아와 타인의 배려가 필요한 순간에 많은 오해를 사곤 한다. 내가 겪는 눈에 띄지 않는 증상들은 이러하다.

먼저 류마티스관절염. 오래 서 있거나 반복적인 행동을 지속하면 30분에서 길게는 반나절 동안 관절에 강한 통증이 몰려온다. 혈소판감소증은 가끔 올라오는 증상이다. 어딘가에 부딪혀 생기게 될 여러 가지 사고를 예방하기 위해 가급적 외출을 자제하고 집에서도 최대한 움직이지 않는 게 좋다.

그리고 광과민성증후군. 컨디션에 따라 햇빛에 대한 민감도가 바뀐다. 대체로 컨디션이 좋지 않기 때문에 눈이 부셔 낮에 생활하는 데 어려움이 있다. 이외에도 컨디션이 정상적으로 유지되지 않을 때 복합적으로 나타나는 증상들이 있다.

이처럼 병이 생긴 이후로는 그때그때의 증상에 맞게 삶의 패턴을 바꿔야 했는데 감사하게도 주변에서 베푼 크고 작은 배려로 잘 관리할 수 있었다. 중학교, 고등학교, 대학교 때는 바꿀 수 없는 병원 일정 탓에 자연스레 내 병이 공개되었다. 엄마는 이 병에 대해 선생님들에게 자세히 설명하고 양해를 구했다. 상황을 이해한 선생님들은 내가 좀 더 편하게 생활할 수 있도록 도와주었다. 자연스럽게 형성된 배려 속에서 안전하게 생활했지만, 내 마음에는 다른 생각이 자리 잡고 있었다.

정작 나는 내가 아프다는 사실을 잘 받아들이지 못했다. 지금도 온전하게 받아들이지 못하고 무리할 때가 종종 있는데, 병을 얻고 처음 학교생활을 시작했을 때는 더욱 부정적이었다. 주변의 배려가 내게는 환자 취급처럼 느껴졌다. 친구들의 안부 인사마저 내 상태를 되돌아보게 만들어 하나도 고맙지 않았다. 주변 어른들의 배려 또한 나를 약자 취급하는 것 같아 너무 싫었다. 그냥 아프지 않은 친구들과 똑같이 생활하고 싶은 마음에 생각이 꼬일 대로 꼬여 있었다.

고등학교 1학년 때 중간고사 시험을 앞두고 나는 새벽 1시가 되도록 방에서 영어 단어를 외우고 있었다. 엄마는 11시부터 내 방문을 열어보며 걱정했다. 새벽 1시가 될 때까지 몇 번이고 문을 열어보며 나를 걱정하는 엄마의 모습이 감사하기보다 이해되지 않고 오히려 짜증이 났다. 아프기 전에는 공부하고 있는데도 집중하라고 나무라기 일쑤였던 엄마의 모습과 너무 달랐기 때문이다. 아프고 나서야 성적이 아닌 나 자체를 온전히 걱정해주는 엄마가 미워서 해선 안 될 말들을 하며 울고불고 소리쳤다.

언제는 밤새워 공부하라고 하지 않았냐, 피곤해도 찡찡대지 말라고 하지 않았냐, 그래 놓고 왜 이제 와서 나를 챙기냐, 환자 취급하는 거냐, 이젠 다 필요 없다는 식의 말을 퍼부었다. 엄마가 가장 아파하는 부분이라는 걸 알면서도 두 눈 질끈 감고 그곳을 건드렸다. 나 자신이 마음에 들지 않아 누군가를 탓하기라도 해야 내가 좀 더 나아질 것 같았다. 사느라 챙기지 못한 사랑하는 자식의 건강을 이제라도 최우선으로 챙기고자 하는 엄마의 크고 무거운 마음을 철저히 무시했다.

아프기 싫은 사춘기 소녀의 마음과 엄마의 사랑이 쾅쾅 부딪혔다. 그렇게 엄마의 많은 시도는 내 생각을 더욱 더 엉키게 하고 움츠러들게 만들었다. 엄마뿐만 아니라 주변 사람들에게도 모진 말과 행동을 했다. 그중 가장 모질게 대한 사람은 바로 나 자신이었다. 나를 진정시킬 줄도 몰랐고 내 속을 들여다보지도 않으면서 나를 망가뜨렸다.

자신의 모습을 받아들일 줄 모른다는 건 많은 것들을 망친다. 나를 들여다보고 나에 대해 알지 못한 채로 사는 건 많은 오류를 불러온다. 오류의 결과는 후회나 죄책감으로 가득할 뿐이다. 난 여전히 나의 병을 온전히 받아들이지 못하고 있다. 종종 아픈 사람이라는 사실을 잊은 채 무리하면서까지 아프지 않은 모습으로 살고 싶어 한다. 아픈 게 잘못은 아니지만, 남들보다 부족한 부분이 있고 그로 인해 같은 시간을 보내지 못한다는 건 아직도 꽤 속상한 부분으로 남아 있다.

그래도 다행인 건 이제는 내가 '환자'라는 걸 즐기는 지경까지 왔다는 것이다. 아픔으로 인해 얻은 것들을 떠올려

보면 오히려 좋다는 생각도 든다. 또 이렇게 많은 에피소드를 엮어 책으로 낼 수도 있고, 나에게 불변의 '패시브'가 있기에 하나의 캐릭터를 키우는 것 같은 재미도 있다.

아픈 사람이라는 사실 이외에도 아직 받아들이고 싶지 않은 부분이 많다. 들여다보지 않은 부분들도 있고, 알지만 애써 외면한 부분도 있다. 사람들에게는 그저 털털하고 쿨한 '쾌녀'처럼 보이지만 사실 나에겐 아직 부족한 부분이 너무 많다. 그럼에도 주변 사람들에게 상처 주지 않기 위해, 또 누군가의 롤 모델이 되어 힘차게 살아가도록 도와주는 사람이 되기 위해 나는 계속 노력할 것이다.

에그타르트 하나 주면 안 잡아 먹지

나는 K-장녀다. 내 성격에는 K-장녀의 기본적인 요소가 전부 들어 있다. 쉽게 어리광을 부리지 못하는 게 가장 큰 것 같다. 우리 집에서 내가 제일 철없고 제일 애처럼 구는데도, 막상 내게 지금 어떤 고민과 힘든 일이 있는지에 대해서는 이야기하지 않는다. 루푸스라는 병이 찾아왔을 때도 엄마를 진정시키며 나의 고통을 숨기기에 급급했다. 불필요할 정도로 누군가에게 짐이 되지 않으려 노력했던 것 같다.

고3 시절, 입시 전형을 보러 다닐 때 잘 보든 못 보든 엄마는 내게 에그타르트 하나를 쥐여주곤 했다. 빵이라면 가리지 않고 다 잘 먹었기 때문에 별생각 없이 맛있게 먹었는데, 지금 떠올려보면 에그타르트가 참 맛있다고 흘리듯 이야기했던 것 같다. 엄마는 빵 중에서도 건강빵 위주로만 사주곤 했는데, 에그타르트는 엄마의 귀여운 애정 표현이었던 것이다.

내가 병원에 입원했을 때 이야기다. 극도로 지친 날, 엄마가 어떤 빵을 먹고 싶냐고 물었다. 평소 같았으면 아무거나 좋다고 이야기했을 텐데 나는 뭔가 어리광을 부리고 싶은 마음에 에그타르트가 먹고 싶다고 말했다. 지금 생각하면 얼마든지 할 수 있는 말이지만 그 당시에는 내가 원하는 작은 것 하나도 말하기가 어려웠다.

K-장녀의 성격을 가진 데다 몸도 아프고 마음도 닫혀 있어서 그랬는지 원하는 걸 말하는 게 쉽지 않았다. 내 마음을 눈치챈 엄마는 씩 웃으며 에그타르트 세 개와 커피 한 잔을 침대맡에 놓아주셨다. 나는 싱글벙글 신이 나서 에그타르트를 아껴 먹지 않고 한입에 털어 넣었다.

그때 이후로 나는 누군가에게 내 솔직한 모습을 보여주고 싶거나 어리광을 부리고 싶으면 에그타르트를 사달라고 한다. 상대방은 한결같이 "갑자기?"라는 반응을 보이지만, 그렇게 에그타르트를 같이 나눠 먹으면 나는 그 사람과 좀 더 가까워진 느낌을 받는다. 또 누군가가 내가 에그타르트를 좋아하는 걸 알고 쓱 건네주면 그보다 더한 감동이 없다.

이렇게 글로 쓰고 보니 내 표현 방식이 약간 어색하고 어딘가 부족해 보이지만, 소심한 사람이 용기 내어 하는 애정 표현이니 조금은 귀엽게 생각해주었으면 한다. 아 그래서 그… 저… 에그타르트 하나만….

고층 입원실의 갱스터 할머니

어릴 적부터 언제 어디에 어떤 증상이 올라올지 모르는 병으로 여러 번 생사를 넘나든 덕에 욕심 없는 시원시원한 성격을 갖게 되었지만, 당시에는 염세적인 마음도 함께 품었다. 제일 큰 고비를 마주한 순간은 항암 병동인 고층 입원실로 배정받았을 때다. 항암 병동에 들어섰다는 사실만으로도 부정적인 마음이 더 커졌지만 그곳에서의 생활은 오히려 마음을 고쳐먹는 계기가 되었다.

대학교 1학년 2학기 개강을 기다리며 자취를 시작한 첫날, 빈혈 기운이 돌기 시작했다. 낯선 장소에서 홀로 증상을 느낀 나는 당황한 채로 개강만을 생각하며 버텼다. 배탈이 나고 복부 근처의 뼈가 아려오기 시작했지만 미련하게도 나는 성적 장학금을 생각하며 학교에 갔다. 결국 강의가 시작된 지 30분도 되지 않아 나는 화장실에서 쓰러졌다. 넋이 나간 표정으로 달려온 어머니의 부축을 받으며 응급실로 향했다. 원인은 복부 출혈이었다.

일반적으로는 금방 지혈되는 흔한 증상 중 하나였으나 혈소판감소증을 앓고 있던 나에게는 위험한 상황이었다. 계속되는 출혈로 복부는 점점 부풀었고 나는 정신을 잃어갔다. 혈소판이 거의 없어 아무런 조치를 취할 수 없었다. 몇 달을 기다려야 만날 수 있는 내로라 하는 교수님들도 내 침대를 둘러싸고 서서 난감한 표정만 지었다. 엄마는 내 손을 잡고 펑펑 울었다. 나는 미안한 마음을 가득 안은 채 마음의 준비를 하고 있었다. 혹시 모를 응급 수술에 대비해 한 끼도 먹지 못한 채로 일주일간 잠만 자며 보냈다. 잠에 취해 있던 사이, 응급실에서부터 받은 수혈이 효과가 있었고 다행히 수술까지 잘 마쳤다. 정신을 차려보니 나는 항암 병동에 누워 있었다.

처음에는 항암 병동이라는 사실을 몰랐다. 살날이 얼마 남지 않았으니 독한 약보다는 편한 약을 달라는 할머니와 포기하지 말라는 의사 선생님의 대화를 들으며 이곳이 항암 병동이라는 사실을 알게 되었다. 할머니들 사이에서 어린 여자애는 호기심의 대상이었다. 나를 유심히 관찰하면서도 아무것도 묻지 않고 이것저것 챙겨주셨다. 아마 내가 먼저 이야기하기를 기다리셨겠지만, 무슨 일인지 파악할 새도 없이 많은 걸 겪느라 멍해진 나는 선뜻 할머니들에게 다가가지 못했다. 그저 아무것도 못하는 이 상황에서 탈출하고 싶을 뿐이었다.

그렇게 1주일이 지나고 2주일이 지나는 동안 나는 할머니들의 인생 이야기를 듣게 되었다. 그중에 제일 잊을 수 없는 사람은 이곳이 항암 병동이라는 걸 알게 해준 대화 속의 할머니다. 얼핏 초라해 보이지만 왠지 모를 단단함이 느껴지는 이분을 나는 갱스터 할머니라고 불렀다. 갱스터 할머니는 그 병실의 환자들 중 제일 많은 증상이 있는 분이었다. 다른 증상에 대해서는 자세히 알 수 없었지만 요실금이 있다는 건 확실히 알 수 있었다. 주무시다가도 소변을 봤고, 힘겹게 화장실에 걸어가는 와중에도 소변을 봤다. 잠만 자던 나는 주변 할머니들이 도와주는 소리에 상황을 알 수 있었다. 다가갈 용기도 없어 나는 그저 바라보고만 있었다.

조금은 심각한 요실금 증상임에도 갱스터 할머니는 생리대나 성인용 기저귀마저 갖고 있지 않았다. 주변 할머니들이 본인이 갖고 있는 걸 준다고 해도 완강히 거절했다. 거동조차 힘든 분이 심각한 요실금 증상까지 겪고 있는 걸 보고 나는 어서 할머니의 가족이나 지인분들이 오기를 기다렸다. 그러나 아무리 기다려도 아무도 오지 않았다. 할머니의 지나가는 말을 통해 그 이유를 알 수 있었다.

갱스터 할머니는 홀로 작은 배낭 하나를 멘 채 절뚝이며 병실에 들어왔다. 반복해서 추위와 더위를 타는 바람에 홀로 움츠리고 주무시거나 창문을 열려고 낑낑댔다. 독한 항암제로 식사를 잘 못했고 잠도 잘 못 주무셨다. 그렇게 힘겹고 외롭게 느껴지는 병실생활을 마치고 퇴원하는 그 순간까지 요실금으로 주춤거렸고, 홀로 배낭을 멘 채

떠나셨다. 할머니의 이야기는 이랬다.

남편은 결혼식 당일에도 바람을 피우다 돌아가실 때까지 다른 사람을 품었다고 한다. 남편이 겉도는 이유는 다 아내한테 있는 거라며 구박하는 시집살이를 견뎌야 했다. 몇몇 가족들과는 인연을 끊었고, 자식들은 각자의 일이 바쁘기에 병원에 동행하지 않는다고 했다. 이외에도 할머니의 삶은 힘겨운 일들이 끊임없이 이어졌다.

가만히 누워 듣고만 있던 나마저도 열불이 날 지경이었지만 할머니는 그 어떤 감정의 동요도 없이 덤덤하게 이야기했다. 다른 할머니들이 남편이나 자식들을 상대로 욕을 할 때도 슬픈 눈빛으로 다 각자만의 이유가 있는 거라며 그렇게 말하지 말라고 했다. 주변 할머니들이 퇴원할 때라도 자식들 도움을 받으라고 성화를 부리자 할머니는 못 이기는 척 자식들에게 한 통 한 통 전화를 걸었지만 씁쓸한 여운만 남긴 채 전화를 끊었다. 엄마가 이렇게 힘든데도 못 올 정도면 얼마나 대단한 일을 하는 거냐며 부러 화를 내는 주변 분들의 말에 할머니는 꾹꾹 눌러 참듯 눈물만 흘렸다. 그런 할머니를 바라보던 다른 할머니들은 흔한 위로의 한마디를 건네기보다 점심도 못 먹지 않았냐며 과일을 깎아 건넸다.

그 어떤 원망도 후회도 미련도 없어 보이는 모습과 자신이 베푼 사랑의 대가보다 사랑을 나누었다는 것에 의의를 두는 할머니를 보며 참 강한 분이라고 느꼈다. 이런 일을 평생 겪고 있는데 어떻게 그렇게 의연할 수 있는지, 저마다 사정이 있겠지만 어떻게 자식으로서 단 한 번도 병원에 찾아오지 않는지 이해하기 어려웠다. 다시 보자는 인사말 대신 조금은 특별한 인사말을 주고받으며 떠나는 할머니의 작은 뒷모습을 보며 참 많은 생각이 들었다.

혼자 볼일 보는 것마저 고군분투해야 하지만 주변 사람들이 번거로울까 봐 애써 도움을 거절하는 모습, 삶에 대한 미련은 없어 보이는데도 알뜰살뜰 생활하는 모습, 주변 사람들이 못되게 굴어도 그럼에도 내 사람이라고 여기는 모습, 아픔과 고통을 끌어안고도 묵묵히 견뎌내는 모습은 나를 한동안 허망하게 했다.

처음 접한 한 사람의 인생 이야기가 이렇게까지 사무치다니. 작은 손길조차 건네지 못한 나의 행동이 못내 아쉬웠다. 할머니들의 인생 이야기는 아직 어린 나에게 조금 벅찼지만, 내 삶의 모양만을 바라보며 아래로 아래로 가라앉고 있던 내게 좀 더 많은 것을 이해할 수 있게 해주었다.

일상으로 돌아가자 동시에 나의 염세적인 태도는 금방 사라졌다. 고층 항암 병동의 한 병실에서 보고 듣고 느낀 것들로 내가 해야 할 일이 무엇인지를 깨달았기 때문이다. 그것은 이 세상을 살아가는 많은 사람들의 삶을 들여다보고 공감하며 조금은 홀가분하게 혹은 조금이라도 괜찮게 살아갈 수 있도록 돕는 것이다. 각자의 모양이 있듯이 나도 나만의 조금 특별한 모양이 있을 뿐, 부정적으로 받아들일 필요가 없다는 것 또한 배웠다. 다시 우리 갱스터 할머니를 마주하는 날이 온다면 할머니의 방식에 맞춰 도움을 드리고 싶다. 그리고 더 많은 이야기도 듣고 싶다.

할아버지는 말하셨지,
조진 건 잊으라고

나는 할머니 할아버지들을 좋아한다. 아니 존경한다는 게 더 어울리는 표현일 것 같다. 할머니 할아버지들을 마주하면 일부러 장난도 많이 치고 옆에서 조잘조잘 떠들어댄다. 작은 일에 전전긍긍하고 일어나지 않은 일들을 걱정하며 불안해하는 나와 달리 담대하게 살아가는 그분들을 닮고 싶기 때문이다. 내가 마주한 분들은 유독 세상 쿨하고 힙하다. 단순히 나이를 먹고 많은 경험을 하면 그렇게 담대해질 수 있는 걸까? 나도 오래 살다 보면 그렇게 될 수 있을까? 그런 분들을 보면 생각나는 구절이 있다. '늙었다는 건 살아남았다는 것.'

종종 일어나지 않은 일들을 상상하며 여러 가지 경우의 수 속에서 발버둥친다. 불안에 빠지지 않으려면 쉴 틈 없이 움직이는 수밖에 없다. 충분히 잘하고 있는 일을 더 열심히 하고, 일에 일을 더하고, 일을 만들어 집중할 구석을 늘려야 한다. 일할 때만큼은 아무 생각 없이 몰두하지만 잠시라도 숨을 돌리면 다시 수많은 생각들이 들어찬다. 쉴 틈 없이 달리고 달리면 뒤에 남는 흔적은 많지만 해결되지 않은 생각들은 점점 더 불어난다.

이런 미련한 행동을 이미 여러 번 해봤기에 많이 넘어져보기도 했다. 넘어지면 멈추고 쉬는 방법을 배워야 하는데 넘어지지 않는 방법을 배워버렸다. 지칠 때면 거짓 휴식으로 숨을 돌리고 박차를 가한다.

이런 나를 처음으로 멈추게 해준 사람은 연기 스터디 모임 '방랑자'들의 지연이와 예림이다. 그들은 눈을 반짝반짝 굴리며, 창백해진 얼굴로 또 뭔가에 빠져 있는 나를 끌고 여행을 나섰다. 그렇게 허겁지겁 짐을 싸고 따라간 여행에서 나는 닮고 싶은 사람들을 아주 많이 만났다.

우리는 주로 자연과 가까운 곳으로 여행을 갔다. 자연 근처에 있는 고급 펜션이나 호텔에 머무는 게 아니라 백패킹을 하면서 굳이 자연에 피부를 맞댔다. 왠지 몸이 고생해야 여행하는 느낌이 났다. 대중교통도 타지 않고 시골 동네를 걷다 보면 식당이나 카페 혹은 상점에서 할머니 할아버지들을 자주 마주쳤다.

그런 곳에서 만나는 분들에게서는 대부분 진한 사람 냄새가 났다. 붙임성이 심하게 좋은 예림이와 나는 반가운 마음에 이런저런 말들을 조잘거린다. 언제부터 장사를 시작했는지, 오늘 저녁은 뭘 먹었는지, 이 자리 장사는 좀 되는지, 장사를 끝내면 뭘 할 건지, 그리고 가끔은 우리의 고민을 던지기도 한다.

이야기가 재미있어도 재미없는 척 툭툭 쿨하게 대답하는 분이 있는가 하면, 피식피식 웃으며 전혀 웃기지 않은 이야기를 하는 분도 있다. 그렇게 할머니 할아버지와 두런두런 대화를 나누고 나면 나도 모르게 알 수 없는 위로를 받곤 했다. 가면을 쓰고 살아가는 세상살이에 많이 치였

었나 보다. 한참 대화를 나누다 보면 어느새 그분들의 인생 이야기를 듣게 된다. 도망치듯 여행을 떠난 나에게 그분들의 인생 이야기는 위로를 주기도 하지만 나를 부끄럽게 만들기도 했다. 작은 것 하나에 쩔쩔매는 나와 달리 훨씬 드라마틱한 일을 겪고도 혹은 겪고 있어도 담담하게 살아가고 계시기 때문이다.

그 잠깐의 시간으로 모든 걸 알 수 있는 건 아니지만 적어도 힘든 시간을 묵묵히 인내하고 있음을 알 수 있었다. 툭툭 내뱉는 말 한마디 한마디에 수많은 감정들이 담겨 있었다. 할머니 할아버지에게 조심스레 초라해진 내 아픔과 고민을 건넸더니 귀를 의심할 정도의 간단명료한 해답을 주셨다. 몇 초간 멍해 있다가도 자동으로 고개를 끄덕이게 되는 지혜로운 답이었다.

"조진 거 아니야? 조진 건 잊어라", "눈이 갔네. 밥맛은 느껴지냐? 밥부터 먹고 생각해라. 하기 싫어도 해야지" 등 주변에선 쉽사리 들을 수 없는 답을 내어주셨다. 보통 고민을 던지면 답변이 더 길어야 정상인 걸로 알고 있었는데, 답변이 열 글자 이내로 끝나니 심히 당황스러우면서도 마음 한편이 시원했다.

왜 이렇게 힙하시지? 이건 어디서 오는 쿨내지? 나도 저렇게 쿨내 나고 힙하고 싶어졌다. 그렇게 마음이 가벼워진 채로 친구들과 할머니 할아버지 이야기를 나누며 행복하게 여행을 마무리했다. 여행에서 돌아온 뒤에도 그곳에서 마주했던 분들을 떠올리며 잡생각과 불안, 그리고 아픔을 피하지 않고 묵묵히 견뎌내려 노력한다. 수많은 생각들이 따라오려 하면 '밥부터 먹고 생각하라'는 할머니의 말을 떠올리고, 실패한 일에는 '조진 건 잊으라'는 할아버지의 말을 떠올린다. 여행에서의 순간순간들이 여전히 나를 위로한다.

너무나 닮고 싶은 그분들은 어떻게 그렇게 묵묵히 견뎌내며 지낼 수 있는 걸까? 분명히 나처럼 슬프고 힘들고 갑갑하고 불안한 순간들이 있었을 텐데 말이다. 그분들이라면 이 질문에 '그냥 사는 거라'고 대답할 것 같아 괜스레 웃음이 나온다. 자신의 지난날을 담담하게 이야기하는 그 모습을 잊을 수가 없다. 처음으로 한라산을 봤을 때처럼 커다랗고 듬직한 모습이었다. 내 부족한 필력으로 그분들의 느낌을 다 표현하지 못하는 게 답답할 뿐이다.

어쩌면 한순간에 몸이 아프면서 힘든지도 모르게 이미 겪어버려 담담하게 말할 수밖에 없는 나의 모습과 비슷할까? 내가 되어가는 모습을 마주했기에 더 인상 깊었는지도 모른다. 내 미래가 저렇다면 잘 살아가고 있는 듯하다. 그분들처럼 아픔을 두려워하지 않고 온전히 받아들이며 앞으로 일어날 일들마저 담대히 받아들이는 태도 말이다. 앞으로 내게 많은 일들이 일어날지라도 여행길에 마주했던 할머니 할아버지를 생각하며 씩씩하게 살아갈 수 있을 것 같다. 조진 건 잊으라 하셨으니 영화 〈맨 인 블랙〉의 기억을 지우는 뉴럴라이저 플래시 부탁해요! 좀 여러 번 비춰야 돼. 응.

우리는
매일이 빛나는 사춘기

이 꼭지는 중학생 때부터 최근까지 찍은 사진이 담겨 있는 사진첩을 둘러보다 든 생각들을 옮긴 글이다. 문득 떠오른 생각으로 밤을 지새울 때가 있는데, 이날 역시 밤새도록 생각할 거리가 떠올랐다. 밤을 지새운 결과 행복한 깨달음과 함께 생각들이 정리되었다.

나는 항상 내일이 더 아름다울 거라고 생각하며 살아왔다. 초등학교 때는 교복을 입은 멋진 중학생이 되고 싶었다. 교복을 입은 중학생이 되어서는 좀 더 성숙해 보이는 고등학생 언니가 되고 싶었다. 고등학생 때는 자유롭게 모든 걸 할 수 있는 어른이 되고 싶었다. 자유로운 어른이 되었을 때는 어엿하게 내 앞가림하는 사회인이 되고 싶었다. 내 앞가림 정도는 할 수 있는 사회인이 된 지금은 학창 시절을 사무치게 그리워하며 지금보다 더 나은 내일의 이상향을 꿈꾸며 살아간다.

항상 이 순간을 숨가쁘게 보내며 내일과 어제를 생각한다. 지금 이 순간이 중요하다는 사실을 잘 알고 있고 집중하려 하지만 금세 내일의 내 모습을 그리거나 어제의 내 모습을 추억한다. 지금이 어제가 되고 지금을 통해 내일이 찾아온다는 사실을 알고 있다. 어제의 내 모습이 그리워질 걸 알지만 또다시 서둘러 이 순간을 보내며 내일을 맞이하기에 급급하다. 지금 이 순간을 충실히 즐기지 못한다.

오래된 사진첩이나 가까운 과거에 담긴 내 모습을 그리워한 적이 있다면 누구나 공감할 것이다. 지나온 어제가 가득 담긴 사진첩을 열어보며 이렇게 말하곤 한다.

"졸업 사진 오랜만이다. 이런 앳된 얼굴이었구나. 예뻤네!"

"아니, 이 치마는 뭐야. 안 창피했나? 아무것도 안 해도 이쁠 땐데."

"다 같이 밤샘 과제할 때네. 이때 참 재미있고 좋았는데."

"와, 졸업 공연으로 맨날 밤새던 때다. 초췌한 내 모습. 제법 멋진데? 저때 진짜 행복했는데."

"햄버거 가게 아르바이트할 때네. 이때 진짜 열정 미쳤었는데. 지금 내 열정 어디 갔어?"

지나온 추억을 돌이켜보면 당시의 나는 내가 빛나고 있다는 걸 알고 있었을까 하는 생각이 든다. 아마 몰랐을 거다. 빛나기를 기다리고 있었을까? 아마 이렇게 말하고 있었겠지.

"아, 졸업 사진 진짜 망했다. 흑역사야."

"야, 치마 너무 예쁘지 않냐? 어른 된 것 같아. 엄마 구두도 신어야겠다. 아이라인도 그릴까?"

"아, 밤샘 과제 미쳤다. 그냥 F 받을까? 때려치우고 나가서 놀고 싶다."

"교수님! 그냥 죽여주세요. 졸업 공연인 건 알겠는데 밤

샘 연습은 진짜 이건 안 돼요. 하… 자퇴할까."

"알바 가기 싫어."

현재의 나는 지나온 시간을 바라보며 참 좋았다고 이야기하지만 과거의 나는 전혀 모른다. 그저 미래를 바라보며 어서 끝나길, 어서 크길, 상황이 더 좋아지길 기다릴 뿐이다. 먼 과거가 아니어도 조금 더 날씬했던 일주일 전을 바라보며 예뻤다고 생각하기도 한다. 현실에 만족하며 지금에 집중하기란 이렇게나 쉽지 않다. 솔직하게 생각해보자. 지금 제일 빛나는 순간 속에 있다는 걸 알고 있는가? 시간이 지난 뒤 지금 이 순간을 그리워할 걸 알고 있는가? 지금에 충실할수록 그리는 미래가 더 가까워진다는 걸 알고 있는가?

이제 알고 있다! 나는 먼 훗날 나이를 엄청 많이 먹어도 매 순간 찬란하게 빛날 것이고, 가장 아름다운 순간 속에 즐겁게 있을 것이다. 물론 우여곡절 가득한 시간일 거라고 확신하지만, 그 우여곡절도 즐기며 보낼 수 있다. 그 모든 순간들을 두 눈과 마음에 담고 매 순간을 충실히 살아갈 것이다. 비록 지금은 잿빛이어도 시간이 지난 후에 잿빛 속에서 빛났던 내 모습을 꺼내어 그리워할 걸 알기 때문이다. 그럴 바엔 매일이 빛난다는 사실을 기억하며 살 것이다.

나뿐만이 아니다. 지금 당신 역시 찬란하게 빛나고 있다. 당신이 내일을 걱정하고 내일을 바라고 이 순간이 빨리 지나가기를 바라면서 차라리 과거로 돌아가길 바라지 않았으면 좋겠다. 우리들은 모두 다른 환경과 상황 속에서 살아가기에 내 이야기가 누군가에게는 배부른 소리나 상처 혹은 뜬구름 잡는 이야기로 들릴지도 모른다. 하지만 그럼에도 나는 당신이 지금 빛나고 있다는 걸 아는 채로 살았으면 좋겠다. 어떤 상황과 상태에 놓여 있든 지금을 사랑하고 즐겼으면 좋겠다.

지금 우리는 가장 빛나고 있다. 지금 내 모습을 사랑하면 내일도 사랑할 것이고 지나간 어제도 사랑하게 될 것이다. 내 모습을 온전히 받아들이고 지금의 내 모습에 최선을 다하며 살아가면 좋겠다. 여유가 생기면 주변에 있는 사람들에게도 한마디 해주길 부탁한다.

"너 지금 빛나."

2부

되어가는 이야기

꿈은 살아남는 데
도움이 된다

20대 마라톤 시작합니다,
혹시 종목 산책으로 바꿔도 됩니까?

인생의 마라톤을 뛴 지 25년이 되었다. 왠지 모르게 항상 스스로 부족하다고 느끼며 힘차게 달리는 와중에도 계속해서 속도를 가했다. 하지만 루푸스 환자이기에 멈출 수밖에 없는 상황들이 반복되었다. 더 이상 달리고 싶지 않아졌을 때, 왜 이렇게까지 무리해서 달리는지 생각해보았다. 그 이유는 온전히 나를 위해서가 아니라 주변의 속도에 맞추기 위해서였다. 나를 앞질러나가는 사람들을 보면서 내 속도를 잃어버리고 따라잡기에 급급했던 것이다.

고등학교 1학년 여름, 나는 잠시 체육 교사를 꿈꾸며 체대 입시를 준비했었다. 친구들과 함께 테스트와 훈련을 받았다. 정해진 시간 내에 운동장 여섯 바퀴를 완주해야 하는 테스트였다. 첫 테스트 날, 나는 친구들 사이에서 듬직한 체육인이었기에 자신 있게 달리기 시작했다. 여유롭고 기분 좋게 선두에서 달리고 있었다. 한 바퀴 정도 뛰었을 때, 한 친구가 빠르게 나를 앞질러 나갔다.

나름 잘 달리고 있다고 생각했는데 그 친구가 나를 앞지르는 순간 내 속도가 너무 느리게 느껴졌다. 그때부터 친구보다 빠르게 뛰기 위해 무리해서 속도를 올렸다. 친구와 우열을 다투다 다리에 쥐가 나버렸고 결국 남은 거리를 걸어 들어갔다. 그 이후 테스트에서도 누군가 나를 앞지르기만 하면 나는 내 페이스를 완전히 잃고 말았다.

본능적으로 나를 앞지르는 사람을 따라잡기 위해 달리는 게 문제가 된다는 걸 알지 못했다. 내가 그들을 따라잡으려 무리해서 달리는지도 몰랐다. 그저 내 체력과 달리는 속도가 비교적 뒤처진다고 생각했다. 테스트가 끝난 어느 날, 체대 입시 선생님이 내게 다가왔다. 한껏 시무룩해져

숨을 고르던 나에게 누구랑 싸우는 중이냐고 물었다. 열심히 달리기만 한 나는 선생님의 질문을 이해하지 못했다. 선생님은 내가 불필요한 경쟁을 하고 있다며, 이 테스트에서 진짜로 집중해야 하는 부분을 이야기해주었다. 이 테스트에서 필요한 건 친구들보다 빠르게 뛰는 게 아니라 자신을 컨트롤하는 거라고 알려주었다.

다음 달리기부터는 점점 뒤처져도 나에게 집중하려 부단히 노력했다. 오로지 나에게만 집중하자 나에게 맞는 내 속도를 찾을 수 있었다. 단거리 달리기에 최적화된 몸이었기 때문에 나에게 부족한 건 지구력이었다. 느리더라도 처음부터 끝까지 천천히 지치지 않게 달리는 게 시간 내에 완주할 수 있는 나만의 방법이었다.

나에게 맞는 방법을 찾은 이후로 조금씩 여유가 생겼다. 인상을 찌푸린 채 달리던 내가 중간중간 친구들과 장난도 치며 싱글벙글 웃기 시작했다. 친구들에 비해 느리더라도 어차피 시간 내에 완주할 수 있다는 걸 알았다. 나중엔 점차 더 빠르게 더 재미있게 달릴 수 있었다.

어느 순간 테스트를 완주하지 못한 내 모습과 무리해서 열심히 사는 내 모습이 겹쳐 보였다. 나는 치료에 많은 시간을 쓰는 루푸스 환자이기에 어릴 적부터 친구들이나 세상의 속도에 예민했다. 같이 학교 행사에 참여하고 같은 시기에 대학생활이나 사회생활을 하고 싶어했다. 역시 루푸스 환자이기에 조금만 무리하면 모든 일상이 멈춰버려 친구들과 똑같이 생활하는 건 불가능했다.

무리해서라도 앞선 사람을 따라잡으려 했던 체대 입시반에서의 모습처럼 나는 어떻게든 친구들과 똑같이 생활하려 했다. 아파도 참고 학교에 남아 있다가 응급실에 가기도 했고, 병원에 가지 않고 행사에 참여했다가 결국 병이 커지기도 했다. 한창 날아다녀야 제격인 연기예술과 신입생이 되어서도 다른 학생들처럼 똑같이 날아다니려다 결국은 큰 수술을 받았다. 그제야 나는 내 속도를 받아들였다.

일상이 멈추고, 치료를 받는 동안 내가 할 수 있는 건 휴대전화나 노트북을 들여다보는 게 전부였다. 뭔가를 만드는 걸 좋아하는 나는 이때 영상편집을 공부했다. 그리고 그게 자연스럽게 내 주 업무가 되었다. 이렇게 하는 게 바로 나 자신에게 집중함으로써 알게 된 나만의 달리는 방식인 것 같다. 친구들처럼 지내지 못해 조급해하고 속상해하며 무리하기보다는 나에게 집중하며 나에게 맞는 방식을 찾은 것이다.

물론 세상과 동떨어지거나 뒤처지는 느낌을 받을 때면 여전히 내 상태를 잊어버리고 또다시 무리하려 한다. 남들과 조금은 다른 내 삶의 모양과 속도가 여전히 속상할 때도 있다. 그렇지만 지금 내 속도에 맞춰 생겨나는 다양한 일들이 나를 너무 행복하게 한다. 마라톤을 하기보다는 공원을 산책하고 싶다. 힘차게 달리며 함께 완주하진 못하더라도 천천히 걸으며 한 걸음 한 걸음 나만의 발자취를 남기고 싶다.

내 자식들에게 트월킹을 가르쳐주는 꿈일지라도

'꿈'이라는 게 뭘까? 나는 장래 희망과 직업은 물론이고 삶의 모양새, 그리고 크기에 무관한 취향까지 모두 포함한 게 '꿈'이라고 생각한다. 이렇게 '좋아하고 원하는 것'으로 이야기를 해보자면, 나는 커오면서 자연스레 많은 꿈을 갖게 되었다. 다들 나처럼 좋아하는 것과 하고 싶은 게 많은 줄 알았다.

그래서인지 주변인들이 꿈은 물론이고 본인이 어떤 걸 좋아하는지조차 헷갈린다고 말할 때면 그게 이해되지 않아 꿈에 대해 말을 꺼내기 힘들었다. 하지만 이제는 사람들과 온종일 많은 것들을 함께 즐기며 묻고 싶다. "이 느낌 어떠세요?", "이 감성 어때? 별로야?", "그럼 이건 어때? 딱 네 거야?", "어때 성취감? 그런 게 막 좀 들어?"라고 끊임없이 질문을 던지면서 말이다.

꿈을 품고 살아가는 힘찬 순간들, 그리고 꿈을 만끽하며 살아간다는 건 여간 즐거운 일이 아닐 수 없다. 삶의 목적지나 목표 혹은 나만의 낭만을 생각하며 살아가는 건 참 즐겁다. 내가 자연스레 많은 꿈을 품게 된 이유는 이런저런 경험을 통해 나를 파악할 수 있었기 때문인 것 같다. 이 글을 읽는 독자들도, 고민 상담을 해왔던 내 채널의 팬인 빵쟁이들도 나처럼 그랬으면 싶은 마음에 나의 이야기를 가져왔다.

아주 대표적인 경험이 있다. 초등학교 때 친구들과 장기자랑을 준비하며 처음으로 춤을 접했다. 안무 숙지를 하며 노래와 몸이 맞아떨어지는 순간에 묘한 성취감을 느꼈고, 이 계기로 춤을 좋아하게 되었다. 그렇게 잠시 댄서의 꿈을 꾸면서 중학교에 올라가서는 자연스레 댄스 동아리에 들어갔다. 동아리 활동을 하면서 공부와는 다른 재미를 느껴 더욱 몰두했다. 그러면서 몰랐던 나의 모습을 많이 알게 되었다.

나의 몸과 제일 잘 맞는 장르는 현대무용이지만 힙합 장르를 좋아한다는 것, 생각보다 유연하지만 웨이브는 잘 못한다는 것, 선배들을 어려워한다는 것, 흥이 생각보다 많다는 것 등등. 이런 식으로 나에 대해 많이 알게 되었는데, 그중에서도 가장 마음에 드는 건 누가 뭐래도 안면 근육이 자유분방해 표정이 끝내준다는 것이었다.

외부 무대를 준비하며 인트로를 창작하는 시간에 변태 역할을 맡게 되었다. 동아리 선생님이 나의 변태 연기를 보고는 15세가 저렇게 변태 같을 수는 없다고 박장대소하며 극찬해주었다. 꽤나 진지하게 펼쳤던 변태 연기였기에 장난으로 무안함을 지우고 싶었으나, 흥분하며 배우라는 직업을 적극 추천해주는 선생님의 모습에 내 머릿속은 하얘졌다. 얼떨결에 내 재능을 찾게 되었고 마음 한편에 배우라는 불씨가 생겼다.

그 불씨를 큰불로 만들어준 건 바로 누군가의 '이야기'다. 그렇게 아기 중학생에서 언니 고등학생으로 업그레이드를 기다리던 그 찰나, 나는 평생 함께해야 할 병을 얻었다. 꽤나 자주 병원 신세를 졌는데 부모님이 맞벌이를 해서 입원해 있는 동안 대부분 나 혼자 생활했다.

보호자 없이 낯선 공간에서 생활하면서 나는 점점 더 내성적으로 바뀌었다. 병실 침대에 가만히 누워 커튼을 치고 사람들의 이야기를 들으며 대부분의 시간을 보냈다. 내 병은 꽤 무거운 병으로 분류되는지 항암치료를 받는 분들과 같은 병동을 썼는데, 내 또래는 한 명도 없이 모두 인생 대선배님들뿐이었다.

매일 하루 여섯 시간 정도 그분들의 인생 이야기를 들었는데 그분들의 이야기는 아직 중학생인 내가 소화하기엔 많이 무거웠다. 처음에는 괜히 엿듣는 것 같아 집중하지 않으려 노력했지만, 한마디 한마디가 너무 크게 와닿는 통에 나중에는 아예 새겨듣는 지경에 이르렀다. 매일 선배님들의 레전드 인생 스토리가 시작되기를 기다렸다. '저 내

성적이에요'를 대놓고 표현했던 침대 커튼 안에서 대선배님들의 이야기에 귀기울이며 조용히 울고 웃고 배우고 느끼고 깨달았다.

지금 생각하면 훌쩍이는 소리와 웃음소리를 참으려 애쓰던 내 모습이 귀엽기도 하다. 한 달이 지날 즈음, 나는 드디어 커튼을 걷었고 대화에 슬쩍 끼어들며 본격적으로 그분들의 이야기를 들었다. 다 체념한 듯하지만 여전히 삶을 사랑하는 그 대인배스러운 어른들의 모습에 나는 두 손 두 발 들 수밖에 없었다.

어르신들의 이야기는 안타까운 큰 슬픔의 덩어리로 다가오기도 했지만 나는 그 속에서 존경심을 느꼈다. 내가 그분들을 위해, 크게는 세상 사람들을 위해 무엇을 할 수 있을지 생각해보았다. 그러다 나는 어르신들이 후회하고 있는 것들, 어르신들이 그리워하고 있는 것들, 사랑하는 것들과 사랑했던 것들이 모두 영화나 드라마 혹은 책과 같은 작품 속에 담겨 있고, 그게 곧 예술이라는 생각이 들었다.

그 예술이라는 장르 안에서 나를 통해 사람들에게 위안이 되거나 힘을 주거나 추억을 되살려주겠노라 결심했다. 왠지 모를 근거 없는 자신감이 폭발했고, 그 매개체를 찾다가 '배우'와 '크리에이터'를 선택했다. 이게 바로 내가 지금 영상을 만들며 크리에이터를 하고 있는 이유이자 온몸을 도구로 예술을 하는 직업인 배우를 꿈꾸는 이유다.

결국 직업과 관련된 꿈 이야기로 마무리되었는데, 직업과 관련되지 않은 나의 다른 꿈들은 이렇다. 이 꿈들은 규칙적인 삶을 경험하고 나서 생겼다. 한 달에 한 번, 발길 닿는 대로 즉흥 여행을 할 수 있는 삶을 살아가는 것이다. 또 다른 하나는 부모님의 이야기를 듣고 생긴 꿈인데, 가정을 꾸려 내 자식들에게 트월킹을 알려주는 삶이다.

다양한 경험은 꿈을 갖게 한다. 내가 살면서 어떤 부분을 채우며 살아가고 싶은지, 나를 어떤 모습으로 살아가게 하고 싶은지 말이다. 나는 이 글을 읽는 분들이 직접경험이든 간접경험이든 많이 해보고 많이 느꼈으면 좋겠다.

종종 지금 꿈이 없어 조바심을 내는 이들을 만난다. 나 같은 경우는 건강상 일상을 잠시 멈춰야 했기에 강제로 시간이 주어졌고 감사하게도 그런 상황 속에서 일찍 꿈을 찾았다. 이건 어디까지나 나만의 속도일 뿐이다. 사람마다 각자의 속도를 가지고 있기에 혹시나 지금 꿈 때문에 조바심이 난다면 전혀 그럴 필요 없다고 말해주고 싶다. 대부분의 사람들에게는 많이 보고 듣고 본인을 파악하며 꿈을 찾을 만큼의 여유가 없다는 걸 안다. 그리고 당장 꿈이 없는 사람들도 많다는 걸 알고 있다.

하지만 언제가 되더라도 마음에 품고 살아갈 꿈은 꼭 있었으면 한다. 내가 마련한 소중한 방에 식물과 고양이를 키우는 낙으로 살아가기를 바란다면 그것도 꿈이다. 무슨 일을 해도 상관없으니 아침에 일어나 따뜻한 커피를 마시며 어제를 돌아보는 삶을 원한다면 그것도 꿈이다. 꿈을 품고 살아간다는 건 생각보다 달달하다.

자신의 낭만과 취향, 원하는 일, 그리고 삶의 모양 모두 꿈이다. 이것들을 품고 느끼며 살아가는 삶은 매우 달다.

어릴 적 할머니들을 보면서 가졌던 꿈, 내 방구석 극장의 관객인 빵쟁이들과 함께하며 하루하루를 살아가니 하루하루가 달다.

태어나버렸고 시작되어버린 삶, 내 색깔을 찾아 세상을 나만의 색깔로 칠하며 산다는 건 그야말로 후회 없는 멋진 삶이라고 생각한다. 나이를 먹었다는 건 살아남았다는 것이다. 우리는 살아갈 것이고, 살아간다는 건 살아남았다는 것이니 꿈과 함께 살아남자.

배우를 향한
작고 소중한 초심

아마 연기 공부를 하지 않았다면 지금까지 흐리멍덩한 채로 살고 있었을 것이다. 연기를 배우면서 어떻게 하면 올바르게 살아갈 수 있을지, 어떤 생각을 하며 무엇을 위해 살아갈지도 알 수 있었다. 사람을 좋아하는 내가 사람을 깊이 있게 연구할 수 있는 방법을 배웠다. 내가 누군가에게 힘이 되고 싶어 한다는 것도 알았고, 실제로 힘이 되어줄 수 있는 매개체가 되기도 했다. 그만큼 연기는 내게 중요하고 고마운 것이다.

고등학교 2학년 때까지 참 제멋대로였다. 공부는 그저

짜증 나는 일일 뿐, 친구들과 맛있는 음식을 먹으며 노는 게 내 최종 목표였다. 아픈 몸도 관리할 생각이 없었다. 매일 바깥 음식을 먹고 늦게까지 돌아다니느라 건강은 아슬아슬하게 유지되고 있었다. 당연히 노는 게 제일 좋을 때라고 생각할 수 있지만 건강한 모습은 아니었다. 내면의 성장이나 성취감도 없었고, 세상에 나가 어떤 것들을 펼치고 싶은지에 대한 생각이 있어도 방법을 몰라 방황했다. 그랬던 내가 배우라는 직업을 알게 되고 조금씩 변하기 시작했다.

대학 전공을 연기과로 마음먹고는 입시 학원에 등록했다. 학원에서 참 좋은 선생님을 만났다. 나의 입시 선생님인 홍상용 배우님은 "배우는 자기 자신이 재료이자 도구"라고 이야기했다. 아픈 내 몸이 불량품처럼 느껴져 한동안 절망했지만 포기하지 않기로 했다. 내 몸을 공부하면서 어떻게 조율해야 배우가 될 수 있을지 생각했다.

갓난아이가 된 것처럼 제대로 숨 쉬고 말하고 보고 듣고 걷는 것부터 훈련했다. 모든 게 애매하고 구부정했던 내가 조금씩 바로잡아지기 시작했다. 힘겹게 콧소리로 말하던 습관을 버리고 복식호흡으로 또박또박 말하기 시작했고, 올바른 자세로 몸의 중심이 맞춰졌다. 나 자신을 갈고 닦으며 하루하루 달라지기 시작했다.

고등학교 3학년, 본격적인 입시생이 되었을 때 선생님은 내게 왜 배우가 되고 싶은지 그 이유를 물었다. 별생각 없이 재미있기 때문이라고 대답할까 싶었지만 처음 내 마음을 움직인 분명한 이유가 있었기에 대답을 망설였다. 그 '이유'를 찾아오는 과제를 받고 며칠을 골똘히 생각했다. 분명히 처음 내 마음을 움직인 뭔가가 있었는데 뚜렷하게 기억나지 않았다.

여느 날과 같이 병원에서 진료를 기다리고 있었다. 병원 대기실에서도 왜 배우가 되고 싶은지 고민하고 있는데, 주변의 나와 같은 루푸스 환우들이 눈에 들어왔다. 그들은 나처럼 많이 지쳐 보였다. 초점 없이 한숨만 내쉬고 있는 내 또래의 한 분이 유독 눈에 새겨지며 내가 배우를 하고자 마음먹은 이유가 떠올랐다.

힘들었을 때 많은 작품을 보며 위로받고 버텼던 것처럼 나도 그렇게 해주고 싶었다. 지친 사람들에게 나의 유쾌함으로 위로를 건네고 싶은 마음으로 시작했던 것이다. 나는 자신 있게 배우가 되고 싶은 이유를 선생님께 말씀드렸고, 선생님은 그 기특한 마음을 늘 생각하며 좋은 배우가 되라고 이야기해주었다.

지금도 여전히 선생님이 알려준 것들로 하루하루를 살아간다. 내 몸을 소중히 대하며 올바르게 지내려 노력하고, 늘 누군가에게 힘이 되고자 하는 마음을 기억한다. 실은 연기에 대해 할 이야기는 많지만 본격적으로 연기를 시작한 지 얼마 되지 않아 자신이 없다. 이런 마음으로 연기를 시작한 내가 배우라는 직업에 본격적으로 뛰어들어 많은 경험을 하고 난 뒤의 이야기가 기대된다. 그렇기에 내 초심을 여기에 남기고 싶다.

내가 그리는 좋은 배우가 되어 이 글을 다시 읽게 될 나를 위해, 나를 응원하며 본인의 꿈에도 열심히 다가갈 친구들을 위해 이 글을 남긴다. 미래에는 더 좋은 연기로 더 많은 사람들에게 위로를 건네는 내가 되어 있었으면 좋겠다. 나중에 내가 꿈꾸는 좋은 배우가 되어 이 글을 읽고 있을 내가 기대된다.

대충 해도 잘하실 거니까 힘 좀 푸세요

다들 그런 적이 있을 것이다. 지금 뭔가 잘못되고 있다고 느끼면서도 애써 외면하며 할 일에 집중했던 적 말이다. 하지만 아무리 무시해봐도 마음 한구석에 자리해 있는 뭔가 잘못된 순서로 단추가 끼워지고 있다는 기분은 떨치기 어렵다. 그런 찜찜함을 느끼며 하는 선택과 행동의 결과는 아쉬움을 남기기 마련이다.

나 역시 대학 입시 내내 뭔가 잘못되고 있다는 느낌이 들었다. 아침 일찍 학원에 가 밤늦게 돌아올 정도로 연습해도 제대로 준비하고 있는 것 같지 않았다. 연기나 무용,

뮤지컬을 반복할수록 작품은 완성되어 가는 것 같지만 뭔가 잘못하고 있다는 느낌을 받았다. 친구들과 질의응답 연습을 할 때면 자꾸 나답지 않은 대답이 나와 한번도 성공적으로 마무리해본 적이 없다.

뭔가 해결되지 않은 이 찜찜한 느낌을 애써 무시했다. 왜 제일 나다워야 하는 순간에 정작 본 모습이 나오지 않는지, 왜 연습하면 할수록 불안한지, 대체 무엇 때문에 이렇게 잘못되고 있는 느낌이 드는지 파악하지 않았다. 지금은 한가하게 마음을 들여다보며 나를 다독일 때가 아니라고 생각했기 때문이다. 그렇게 수많은 질문을 외면한 채 결국 수시 실기고사 시즌이 다가왔다.

하나씩 시험을 볼 때마다 전혀 집중하지 못하고 있다는 걸 느꼈다. 나는 깡다구가 있는 화끈한 성격이라고 알고 있었는데 실기고사장만 들어가면 잔뜩 겁을 먹었다. 긴장한 채로 내가 무슨 말을 하고 있는지, 어떻게 움직이는지조차 인식하지 못했다. 말 그대로 가슴이 뚝딱였다. 고사장에 들어가면 교수님들과 눈이라도 마주쳐야 하는

데 허공만 바라보다 나왔다. 1년 동안 간절히 준비해놓고는 막상 실기고사장에 들어가면 얼른 나가고만 싶었다.

교수님들도 이런 내 마음을 알아챘는지 빠르게 내보내주셨다. 실기고사장에 가는 길에서도 버스카드나 연기 소품을 잃어버리기 일쑤였다. 괜히 긴장한 마음에 수시로 체했고 평소에 전혀 하지 않던 실수를 반복했다. 그만큼 정신이 다른 데 가 있었던 것이다. 그렇게 진행된 수시 실기고사는 당연히 전부 불합격했다. 예상은 하고 있었지만 훨씬 처참한 결과에 마음이 많이 아렸다.

정시 실기고사도 똑같이 진행되었다. 연습을 두세 배 더해 조금은 여유로운 마음으로 갔지만, 질의응답 때 나의 온전하지 못한 상태를 전부 들켜버리고 말았다. '연희단거리패'를 '연희단 패거리'라고 대답하기도 했고, 'bottom'의 뜻을 'middle'과 헷갈려 꼭대기가 아닌 중간이라고 당당하게 소리치기도 했다. 지금 생각하면 웃으며 넘길 수 있지만, 며칠이 지나 그 실수를 깨달았을 때는 너무나 절망적이었다.

결국 실기고사 두 개를 남겨놓고 내 문제를 똑바로 들여다보기로 마음먹었다. 이대로 입시가 마무리된다면 재수하게 될 것 같았고, 당장 조금이라도 해결하지 못하면 같은 상황이 계속 반복될 거라고 느꼈기 때문이다. 늦은 밤 방구석에서 A4용지 위에 애써 외면했던 내 생각들을 펼쳐보았다.

제일 큰 건 '두려움'이었다. 내게는 나를 드러내는 것에 대한 두려움이 있었다. 완벽하게 작품 준비를 했다고 생각했는데 왜 여유로움이 아닌 두려움을 가졌을까? 애초에 '완벽하게' 보이려고 했기 때문이다. 학생이라면 아직 부족한 모습이 더 많은 게 당연한데 나의 부족함을 전혀 들키고 싶지 않아 했다. '나는 꼭 완벽하게 해내야만 해'라는 강박은 온몸에 힘이 들어가게 만들었고, 그런 힘은 긴장과 두려움, 떨림, 부자연스러움을 가져왔다. 있는 그대로의 천진난만하고 조금은 멍청하게 해맑은 내 모습보다는 준비된 최종 병기 같은 모습으로 나를 감추려 했던 것이다.

A4용지 위에서 마주한 나의 수많은 생각들은 모두 '강

박'이 원인이었다. 항상 잘해야만 한다는 생각과 좋은 대학교에 입학해야만 한다는 생각, 그리고 매 순간 완벽한 사람이어야 한다는 강박적인 생각들이 나를 꽁꽁 묶어놓았던 것이다. 그렇게 해서 찾아낸 해답들을 바라보며 내가 참 작아졌다는 걸 느꼈다. 조금 웃기게 보일지도 모르지만 강박을 내려놓는 방법을 잘 몰랐던 나는 일단 반대로 생각해보기로 했다.

무조건 잘해야만 한다는 생각을, 한 번의 실수는 오히려 인간미를 보여줄 수 있는 기회라는 생각으로 고쳤다. 좋은 대학교에 입학해야만 한다는 생각을, 나와 같은 연기 괴물은 연기과 생태계 균형 조절을 위해 운명이 정해줄 거라는 생각으로 돌렸다. 매 순간 완벽한 사람이 아니라 매 순간 완벽하지 않은 사람이 되어보려 했다. 이런 장난스러운 나의 시도들은 생각보다 효과가 좋았다.

생각을 바꾼 이후로 선생님들은 내게 이미 대학에 합격한 사람 같다며 왜 이렇게 여유로워졌냐고 물었다. 나는 하늘이 정한 예비 재수생을 무시하지 말라며 받아쳤다. 다시 돌아온 능글맞은 내 모습에 선생님들은 지금 참 보기 좋다고 말해주었다. 자신감을 장착한 뒤 남은 두 학교에 실기고사를 치러 갔다. '잘되면 땡큐, 안 되면 유감'이라는 마인드를 갖고 나니 여유가 생겼다. 어쩐지 그날따라 날씨도 화창하고 공기도 맑았다. 여유를 찾으니 주변이 보이기 시작했다.

버스카드를 잃어버리거나 연기 소품을 놓고 오는 일도 없었다. 넓어진 시야 덕분에 모든 게 자연스럽게 잘 굴러갔다. 이전에는 과도한 긴장감에 휩싸여 입시 요원들이 신신당부하는 유의사항을 전혀 인지하지 못한 채 많은 실수를 했었다. 이제는 유의사항을 잘 숙지하며 더 여유를 찾았고, 실기고사장 입장 전에는 입시 요원과 가벼운 농담도 나누었다.

교수님들 앞에만 서면 숨이 잘 안 쉬어지고 눈을 어디에 둘지 몰랐는데 이제는 교수님의 얼굴이 잘 보였다. 드디어 나는 실질적인 '대화'를 하고 나왔다. 물론 그 속에서 조금은 멍청하지만 해맑은 양유진도 잘 드러냈다. 드디어 나를 드러내는 걸 즐길 수 있게 된 것 같았다. 그렇게 편하고 자신 있게 다녀온 두 개의 실기고사는 전부 합격했다. 마인드 컨트롤 하나로 이렇게 마음가짐이 달라지고 결과물이 바뀌다니 믿을 수 없었다.

그렇게 학교에 입학한 이후부터 지금까지 나는 뭔가 잘못되고 있음을 감지하면 뒤늦게라도 왜 그렇게 느꼈는지를 파악하려 애쓴다. 나도 모르는 새로운 강박이 생기진 않았는지 혹은 나도 모르게 불편한 뭔가가 있는 건 아닌지 생각한다. 좀 더 편하게 모든 걸 즐기고 싶기 때문이다. 나는 계속해서 A4용지를 펼치고 해답을 찾으려 한다. 해답이 나오지 않더라도 내 상태를 파악해보려 적은 여러 가지 문장들을 들여다보면 나라는 사람을 좀 더 깊이 있게 알 수 있다.

내가 무엇을 원하는지, 어떻게 보이고 싶어 하는지 혹은 어떻게 살고 싶은지도 보인다. 참 아이러니하게도 잘하려고 하면 잘 안 된다. 잘하려고 하면 따라오는 여러 가지 생각들이 잘될 수 없게 만드는 것이다.

지금도 나와 같은 입시 과정을 거치고 있을 친구들이 있다면 가끔은 연습보다는 '나'에 대해 생각해보는 시간을 가졌으면 좋겠다. 나도 잘은 모르지만 배우는 연기하는 기술보다 그 기술을 표현하는 나 자신이 더 중요한 것 같다. 오늘도 나는 뭔가 단추를 잘못 끼운 것 같은 생각이 들면 주저 없이 A4용지를 펼친다.

나를 웃기고 울리는 이놈의 요망한 꿈

꿈이 있는 사람들에게는 찬란하게 빛나는 뭔가가 있다. 그런 사람이 현실을 마주하다 지칠 때면 빛나던 희망이 잠시 흐려지기도 한다. 시청자들과 고민을 나누는 콘텐츠를 진행하다 보면, 많은 사람들이 꿈과 현실 사이에서 많은 고민을 하며 살아간다는 것을 느낀다.

꿈에 더 다가가기에는 경제적으로나 사회적으로 한계를 느낀다든지, 부모님을 생각하면 대학은 가야겠다 싶으면서도 정작 대학이 필요 없는 꿈을 꾸고 있다든지, 꿈을 오랫동안 품고 있었지만 나이를 많이 먹었다는 등의 고민들이다. 많은 사람들이 그런 고민을 하기에 현실을 극복하고 꿈을 이룬 사람들을 더 경이롭게 바라보는 건가 싶기도 하다. 서로의 환경을 모르기도 하고, 나 역시 비슷한 고민을 하며 살아가기에 늘 시원한 답변이 나오지는 않지만 그래도 내 이야기를 통해 답을 대신하곤 한다.

한때는 현실과 달리 '마냥 꾸어야 하는 거라 꿈인 걸까?' 하고 생각한 적도 있었다. 지금은 그 괴리감을 즐기지만 꿈을 찾은 지 얼마 안 되었을 때는 잔뜩 겁먹고 멈춰 있던 적이 있다. 배우가 되고 싶다는 마음으로 입시를 준비하던 고3 시절, 평생 듣게 될 정신 차리라는 말을 그때 전부 들은 것 같다. 선생님들은 내가 뭔가 열심히 하고는 있지만 일명 '동태 눈깔'을 하고는 본인이 무슨 말을 하는지조차 모르고 있다며 조급해하지 말라고 했다.

그런 말까지 들었다면 그때 나는 재빠르게 정신을 차렸어야 했다. 원서를 넣을 때 작은 실수를 해 원하던 학교마다 떨어지고, 고사장 안에서는 어이없는 답변을 꺼내놓고는 그대로 퇴장하곤 했다. 선생님들 사이에서 나름 유망주였던 내가 시간이 지날수록 넋을 놓자 다들 마음 아파하면서도 도와줄 길이 없어 점점 손을 놓았다. 난 그저 더 나은 내가 되기 위해 최선을 다할 뿐이었는데 답답하기만 했다.

시간이 지나 여유를 찾으니 원인을 알 것 같았다. 처음엔 그저 하고 싶은 연기를 하고 있다는 것에 벅차 있었는데, 준비하면 할수록 현실이 선명하게 보이기 시작한 것이다. 제일 먼저 보인 건 배우를 하기에 내 몸이 너무 부실하다는 사실이었다. 집에서 요양을 해도 모자랄 판에 왕복 세 시간을 오가며 매일 몸을 써대니 여지없이 관절통과 염증반응이 올라왔다. 또 판단하기 어려운 내 실력과 외모에 경쟁력이 있을까 싶었고, 경제적인 면에서도 큰 걱정이 들기 시작했다. 어떻게든 살아남아야 한다는 선생님들의 말에 살얼음판을 걷게 될 내 모습을 상상하며 걱정과 불안에 갇히곤 했다.

매일매일 가슴 뜨겁게 꿈을 꾸지만 점점 그와 다른 현실을 느끼면서 꿈을 향해 가까이 가기를 두려워했다. 적당한 긴장감만 느끼면 충분할 걸 겁먹었다는 사실 자체를 부정한 채로 애먼 일에 시간을 쏟는 때가 많아졌다. 연기학도로서 오래가기 위한 일종의 환기라며 연습 시간을 줄였고, 정작 집중해야 할 부분을 외면한 채 나아갔다. 점점 자신감을 잃어 사람들 앞에 서기가 힘들었다. 내가 하고 싶다고 당차게 들어와놓고는 잔뜩 겁먹은 채로 이리저리 끌려다니고 있었던 것이다.

그때의 나는 내 선택과 행동들이 온전히 나를 위한 거라고 생각했다. 정확히 말하면 그저 무서웠고 상처받지 않으려 했다. 차라리 겁쟁이인 나를 당당하게 마주하고 인정했더라면 조금은 덜 조급했을까? 조금은 더 자신 있게 실기고사장에 발을 들일 수 있었을까?

마침, 나 자신에게 지쳐 모든 걸 내려두고 들어갔던 실기고사장에서 유일하게 합격증이 날아왔다. 그날 아침 엄마의 조언을 귀담아들어서 그랬는지 그날 실기고사를 본 두 개의 학교 모두 합격했다. 엄마는 그날 내게 "배우라는 꿈이 네게 아무리 숭고할지라도, 우선 하나의 직업이다"라고 이야기해주었다. 그 말을 들으니 나도 모르게 편해졌던 것 같다. 너무 잘하고 싶은 마음에 꽉 움켜쥐고 잡고 있던 것들을 내려두니 거짓말처럼 모든 게 잘 풀렸다.

힘이 빠진 만큼 좋은 연기가 나왔고 면접관의 질문에도 편하게 답할 수 있었다. 내려놓는 과정 속에는 현실을 마주하고 이겨낼 용기도 필요하고 원하는 만큼 움직이는 것도 필요하다. 내려둔다는 것은 포기하거나 체념하는 게 아니라 그 어떤 두려운 상황이 와도 그 또한 괜찮을 거라고 믿는 마음인 듯하다. 꿈이 뭐라고 이렇게 상처받고 생각도 많이 꼬이는지 참 요망하다. 그럼에도 나를 끊임없이 성장시켜주는 내 꿈이 너무 좋고 앞으로도 계속 많은 시행착오를 거치며 꿈을 현실로 만들고 싶다.

매우 가까운 곳에 꿈을 향해 달리고 있다며 봐달라고 온갖 티를 내는 사람이 있다. 무용수를 꿈꾸는 우리 집 막내 유현이다. 곧 고3이 되고 나처럼 실기고사를 볼 것이다. 역시 꿈을 꾸는 사람들은 희망찬 마음과 걱정스러운 마음이 비례하는 모양이다. 어느 날 유현이가 거실에서 시무룩해진 채로 미래를 걱정하고 있었다. 그런 동생에게 최강의 치유제를 준 아빠의 이야기가 생각난다.

입시에 실패하면 어떡하냐고 투덜거리자 아빠는 재수하면 된다고 이야기했다. 옆에서 무슨 소리냐며 엄마가 난리를 쳤지만, 그와 달리 덤덤하게 대화를 이어나가는 유현이와 아빠의 모습이 보기 좋았다. 그러면 재수도 실패하고 대학 자체를 못가면 어떡하냐는 유현이의 말에 아빠는 "지구에 이렇다 할 훌륭한 사람들은 다 고졸, 노 유니버시티!"라고 대답했다.

잠깐의 정적이 흐르고 엄마가 웃기 시작했다. 여전히 진지한 말투로 무용을 아예 못하는 몸이 되면 어떡하냐는 막내의 질문에 아빠는 "춤은 죽기 전까지 출 수 있으니 약간 덜 짜증 나는 일을 찾아서 해보자"고 말했다. 창과 방패가 아니라 창과 슬라임 같은 대화다. 아빠의 말이 당황스럽긴 해도 또 막상 그렇게 하지 못할 것도 없다. 왠지 걱정이 사라지고 여유가 생기는 아빠의 답변에 동생은 이내 자신감을 찾았다.

아빠는 대체 어떤 가치관을 갖고 있는 걸까? 생각해보면 살면서 극복하기 어려운 일들을 마주할 때마다 아빠는 이런 식으로 내게 여유를 찾아준 것 같다. 아빠는 실패를 실패라고 생각하지 않고, 살면서 나타나는 또 다른 길에서도 재미있는 일들을 찾아냈다. 우리 아빠가 예능인이 되었다면 어땠을까? 진작에 백만 유튜버가 되지 않았을까? 늘 세상의 틀에 갇히지 않게 해주는 아빠의 유연한 사고는 좀 더 현명하게 꿈을 이룰 수 있게 도와준다.

배우 일을 숭고한 삶의 목표로 여기기보다는 하나의 직업으로 바라보며 조금 내려놓으라는 엄마의 이야기와 실패는 실패가 아니고 다른 길임을 이야기해주는 아빠 덕분에 지금의 내가 존재한다. 내 팬들인 빵쟁이들의 꿈에 대한 고민이 부모님과의 갈등, 나이, 경제력, 사회적 시선, 현실과의 타협 등이라면, 나의 고민은 난치병을 지닌 나 자신이다. 꿈 자체가 나 자신과 몸을 도구로 써야 하는 연기예술이다 보니 때로는 절망을 극복하기가 벅찰 때도 있다.

꽤나 여유를 찾았음에도 불구하고 아플 때면 한계를

마주하고 잠시 절망에 빠지기도 한다. 그럼에도 이내 극복할 수 있는 것은 꿈을 이루고자 하는 이유를 끊임없이 되새기기 때문이다. 나처럼 아프고 힘들거나 위로받고 싶은 사람들을 웃게 하려는 내 마음이 늘 분명하면 금방 다시 시작할 수 있다. 사람을 한순간에 아이처럼 기쁘게 하기도 하고 초라하게 하기도 하는 이 꿈, 참 요망하고 매력 있다.

미안한데… 일단
해보고 나서 생각할까?

고민 상담 콘텐츠 속 사연들을 읽다 보면 사람들의 공통적인 고민이 느껴진다. 오랫동안 짝사랑한 친구한테 고백을 할지 말지, 남들 다 가는 대학을 나도 갈지 말지, 이직을 할지 말지 하는 부분들이다. 진로에 관한 고민들은 더 깊고 디테일하다. 나 역시 중요한 선택 앞에서는 복잡한 생각과 용기 부족으로 차라리 누군가 시원하게 결정을 대신해주었으면 싶다.

늘 좋은 선택을 위해 신중하고 깊게 고민하곤 하는데 그럴 때마다 오히려 좋은 선택을 하지 못하거나 아예 아무것도 못하는 경우가 있다. 차라리 고민할 시간에 뭐라도 했다면 다음 선택에 도움이 되었을 텐데 말이다.

지금껏 실행하기보다 각을 재며 고민만 하고 있었다면 지금 나는 뭘 하고 있었을까? 연기과 입시를 준비할까 말까, 틱톡을 시작할까 말까, 학교 공연팀에 배우로 참여할까 말까, 이 오디션을 볼까 말까, 도와달라고 연락할까 말까 등 수많은 고민만 하다가 결국 아무것도 안 하고 시간만 흘려보내고 있을지도 모른다.

내 진로와 관련해 할까 말까 했던 첫 번째 고민은 바로 배우가 되고 싶다고 엄마에게 이야기하는 것이었다. 말 그대로 공부를 중요하게 생각하는 엄마에게 맏딸이 예체능을 하고 싶다고 이야기하는 건 엄청난 후폭풍이 예상되는 일이었다. 꽤 어릴 때부터 예술 분야를 꿈꿔왔지만 수능을 준비하는 인문계 고등학생이 되었을 때까지도 엄마에게 나의 그런 꿈을 이야기하지 못했다. 이렇게 지내다가는 내가 원하지 않는 일을 하며 살아갈지도 모른다는 게 더 무서워지기 시작했다.

화장실에서 볼일을 보고 나오며 거실에 있는 엄마에게 충동적으로 배우가 되고 싶다고 말했다. 전혀 진지하지 않은 분위기에서 너무나 진지하게 말하는 내 모습이 얼마나 웃겼을까. 화장실에 앉아 이 말을 어떻게 꺼낼지 생각하다가 문을 열고 나오자마자 말해버렸다. 엄마는 내 예상과 달리 앞으로 어떤 계획이 있고, 배우가 되기 위해 어떤 방법들이 있는지 되물었다. 내 예상과 다른 엄마의 반응에 조금은 당황스러웠지만 그래도 말하기를 잘했다고 느꼈다. 그렇게 나는 첫 번째 할까 말까 관문을 통과했다.

바로 현장으로 나가 오디션을 보기보다는 학교에서 연기를 배우는 쪽을 선택한 나는 대학교 연기과에 들어갔다. 2학년이 된 이후부터는 매 학기와 방학 때 공연팀에 참여할 수 있었다. 꼭 참여해야 하는 의무사항은 아니었지만 커리큘럼이 공연팀에 맞춰져 있을 정도로 학내에서는 중요한 부분이었다. 공연팀에 참여하지 않는다면 불성실한 학생으로 보이기 쉬웠고 학교생활 루틴이 많이 달라지기에 학과 사람들과 어울리기도 쉽지 않았다. 대신 공연팀에 참여하면 모든 시간을 학교생활에 쏟아부어야 했다.

학교 수업이 끝나고 오후 6시부터 10시까지 작업해야 하다 보니 아르바이트나 과제는 남들이 잠자리에 드는 늦은 시간에나 할 수 있었다.

신학기가 시작되고 새 공연팀 공고가 뜨면 오디션 지원서 제출 직전까지 할까 말까에 대한 고민에 빠지게 된다. 불시에 병원에 갈 일이 많은 나는 도중에 빠지는 것 자체가 민폐라고 생각했고, 배려받아 마땅한 사람으로 인식되고 싶지도 않았다. 가족들과 어렸을 때부터 날 봐온 친구들은 계속해서 해낼 수 있겠냐고 질문을 던졌고 나의 고민은 점점 깊어졌다. 오디션 준비를 모두 마쳤지만 신청서를 내지 않은 채 고민하고 있을 때였다.

그때 당시 후배였던 크리에이터 '우아한 망고' 예림이가 내게 참 중요한 이야기를 했다. 만일 지금 어떻게 될지도 모르는 몸 상태를 고려해 하나둘 공연팀에서 빠진다면, 사회에 나갔을 때 배우생활을 어떻게 할 생각이냐고 물었다. 나는 잘 모르겠다고 대답했다. 예림이는 내게 작은 사회인 대학교에서 일단 해본 뒤 생각해보자고 했다.

그 말을 듣고 나는 지원서를 제출했다. 폐를 끼치고 싶지 않다는 생각만으로 내 건강과 그리고 건강을 유지하기 위한 생활 패턴에도 공을 들여 공연팀 일정을 잘 마무리했다. 이렇게 새로운 공연팀에 지원할 때마다 또다시 할까 말까를 반복했지만 예림이의 이야기를 생각하며 다시 도전했다. 그런 날들 속에서 걱정한 대로 몸이 아프기고 하고 그로 인해 많은 일들이 있기도 했다. 하지만 그런 일이 거듭될수록 내 몸을 관리하는 나만의 노하우가 생기기 시작했다. 지금은 더욱더 힘든 외부 촬영 일정이 있어도 그때 공연팀에서 터득한 노하우로 끝까지 해낸다.

예림이의 조언 덕분에 틱톡을 같이 하자는 이야기를 들었을 때도, 생소한 분야에서 협업 제안이 들어왔을 때도, 새로운 콘텐츠에 도전할 때도 고민하기보다 시도할 수 있었다. 그 결과로 지금은 크리에이터 겸 배우가 되었고, 내가 뭘 잘할 수 있는지에 대해 파악할 수 있게 되었다. 제일 중요한 내 건강의 한계를 알게 되었고, 앞으로 어떻게 살아갈지에 대해서도 그려지기 시작했다.

할까 말까, 이럴까 저럴까 고민하는 건 그만큼 잘 살고 싶어서인 것 같다. 손해 없이 실패 없이 완벽하게 잘 살고 싶은 마음에 더욱더 신중해지는 것이다. 그렇지만 만일 그때 내가 생각과 고민에 치여 용기조차 내지 않았다면 지금껏 무엇을 이루었을지 아무것도 보이지 않는다. '할까 말까'가 아닌 '해볼걸'로 후회가 가득가득 남아 있었을 것이다. 물론 '와, 안 해서 진짜 다행이다' 싶은 경우도 있겠지만 여러 경우의 수가 걱정되어 도전하지 않고 있는 거라면 일단은 해보는 게 제일 좋은 선택이라는 걸 배웠다.

선배님, 후배님
내 밑으로 집합!

대학교 입시를 야무지게 마친 뒤, 입학식을 위해 집을 나설 때만 해도 새로운 것에 대한 두려움이 없었다. 호기심으로 가득했을 뿐 어려운 상황은 없을 거라고 생각했다. 대단한 착각이었다. 수직적인 관계 중심의 연기과 단체생활은 상상 이상으로 새롭고 어려운 것투성이였다. '새로운 것'은 호기심보다 첫 시도에 대한 두려움이 되었다.

그래도 남들 다하고 겪는 일이라는 생각으로 열심히 노력했고, 끝까지 어려우란 법은 없었다. 졸업하고 나서야 시작이 쉽지 않았을 뿐이라는 걸 알게 되었다. 지금 생각해보니 안절부절못하던 신입생 때의 내가 풋풋해 보이기까지 한다. 물론 또 시간이 지나 먼 훗날의 내가 보면 지금의 내가 풋풋하게 느껴질 만큼 첫 발걸음은 어려울 뿐이다.

강의실에 모인 한 명 한 명이 이렇게나 다를 수가 있을까? 교복이 아닌 사복인 채로 만난 새내기 친구들은 스타일부터 달라도 너무 달랐다. 성격이 느껴지는 각기 다른 차림새가 당황스럽기까지 했다. 제스처와 말투도 다르고 헤어스타일도 달랐다. 고등학교와는 다른 느낌일 거라고 예상은 했지만 이렇게나 개성이 넘칠 줄은 몰랐다.

심지어 배우를 꿈꾸는 활기찬 친구들이 모였으니 각자의 캐릭터가 뚜렷할 수밖에 없었다. 입시 때의 연습복을 그대로 입고 온 나는 조금 부끄러웠지만 그것도 잠시뿐, 단순한 성격 덕에 남의 시선은 크게 신경 쓰지 않았다. 그래서 그랬을까? 대학교 동기들에게도 고등학교 친구를 대하듯 거리낌 없이 다가갔다.

어서 가까워지고 싶은 급한 마음에 고등학생 때처럼

사적인 질문을 수없이 던졌지만 예상과 다른 친구들의 반응에 당황했다. 반대로 말하고 싶지 않은 내 주변 환경에 대한 질문을 몇 차례 받고 나서야 친구들이 왜 그렇게 반응했는지 알 수 있었다. 무심코 던지는 질문이 누군가에게는 불편할 수도 있고, 심지어 상처가 될 수도 있기 때문이었다. 내가 상처받고 나서야 상대방을 어떻게 대해야 할지 알게 되었다. 전혀 예상치도 못한 부분에서부터 어려움을 느낀 것이다.

서로 다른 환경에서 자라온 친구들과 소통하는 방법을 터득해가던 중에 나는 또 하나의 난관에 봉착했다. 신입생들이 제일 어려워하는 대목이기도 한 그것은 바로 '교수님께 문자 보내기'였다. 장녀이기에 언니나 오빠도 없었고, 어릴 적 골목대장에게 데인 기억이 있는 나는 윗사람을 어려워하는 경향이 있었다.

선배들을 대하는 것도 어색하고 불편한데 교수님께 문자를 보내야만 하는 어려운 상황에 놓인 것이다. 바꿀 수 없는 병원 정기 검진 일정과 강의 일정이 겹쳐버려 담당 교수님께 병결을 받아야 하는 상황이었다. 일정이 겹쳤다는 걸 알고 난 뒤 나는 한 시간 동안 고장 나 있었다.

병결을 내도 괜찮을까? 내가 모르는 어떤 인사말이 있진 않을까? 교수님께 직접 연락을 드리는 게 맞는 거겠지? 그냥 조교님에게만 말씀드릴까? 돌림노래처럼 수많은 걱정을 중얼거리다 결국 엄마에게 도움을 요청했다. 늘 담백하게 사람을 대하는 엄마는 그저 있는 그대로 말씀드리고 양해를 구하라고 했지만, 아무리 생각해도 그래도 되는지 확신이 서지 않았다.

또 한참을 고민하다 결국에는 그나마 가까운 선배에게 도움을 요청했다. 선배는 간단한 인사말과 마무리하는 말만 신경 쓰면 된다고 이야기했지만, 여전히 시작조차 하지 못하는 나를 보며 직접 문자를 작성해주었다. 안절부절못하는 나를 바라보며 선배는 이런 걸로 무서워하지 말라고 말했다. 첫 시작이 어렵지 여러 번 하다 보면 별것 아니라고 했다. 뭘 하든 복잡한 생각 속에 갇히고 마는 나는 더욱더 앞날이 걱정되었다.

그러다 갑자기 선배가 되었다. 모든 게 새로워서 재미도 있었지만 그만큼 복잡하고 스릴 넘치는 학교생활을 하다 보니 그새 2학년이 되었다. 배운 건 있어도 누군가를 이끌 준비는 아직 안 되었는데도 불구하고 후배들은 눈을 반짝거리며 나를 바라보았다. 후배들에게서 깍듯한 인사를 받을 때면 "아뿔싸! 이거 참 어색하다"며 동기들과 웃음으로 넘기곤 했다. 인사만 잘 받는 걸로 선배로서의 역할이 끝나면 얼마나 좋을까. 공연팀에 들어가 후배들과 함께 작업하면서 다시 수많은 생각들이 꼬리를 물기 시작했다. 후배들에게 내가 맡은 일을 분배해주고 이끌어야 하는데, 어떻게 대해야 하는지도 모르겠으니 한 걸음 한 걸음이 조심스러웠다.

선배들에게 달려가 초짜 선배로서 대체 어떻게 후배들을 대해야 할지 모르겠다고 했더니 "그냥 대하라"는 대답이 돌아왔다. 이게 대체 무슨 소리인가. 내가 신입생이었을 때를 생각하며 가장 배우고 싶었던 걸 후배에게 알려주면 된다는 말이었다. 복잡한 생각에 체념한 채로 "너도 후배가 처음인 것처럼 나도 선배가 처음"이라며 잘 부탁한다는 부끄러운 고백과 함께 첫 작업을 시작했다.

각자 새로운 역할에 대한 부끄러움도 잠시뿐이었다. 좋은 작업물을 위해 집중하다 보니 금세 어색함도 잊어버렸고 호칭을 신경 쓸 겨를도 없이 일했다. 한두 번 공연팀에서 선배 노릇을 하고 이끌어보니 감이 잡히기 시작했다. 맞닥뜨린 순간에는 우왕좌왕했지만 그것도 한순간일 뿐, 곧 적응하는 나를 보며 역시 처음이 어려울 뿐이라는 걸 느꼈다.

처음에 긴장하지 않기 위해 어떻게 해야 할지 생각해봤다. 교수님께 연락을 드릴 때 내가 어떻게 보일지, 실례는 아닐지 실체 없는 걱정을 하지 않았다면 그렇게 많이 고민할 필요도 없었을 것이다. 후배들을 대할 때도 선배라는 호칭과 대우에 부끄러워하기보다 작업에 집중했으면 좀 더 밀도 있게 일할 수 있었을 것이다. 물론 이 첫 시작에 대한 두려움을 느껴봐야 그다음 시도가 조금은 쉬워지는 것 같기도 하다. 시도보다는 생각이 너무 많았던 탓이라는 걸 느낀 이후, 어차피 처음만 어려울 뿐이라는 걸 상기하며 조금씩 담대해지고자 노력했다. 학년이 올라갈수록 나는 점점 더 큰 역할을 맡았고 그때마다 시작하는 일에 조금씩 능숙해졌다.

가끔 신입생 시절의 풋풋했던 때가 그립다. 여전히 새로운 것투성이인 또 다른 일상에 대해 새로운 긴장감을 느끼곤 하지만, 이제는 두려워하지만은 않는다. 아무래도 크리에이터 일을 하며 마주하는 너무나 다양하고 새로운 일들에 경험치가 쌓여 마음이 많이 강해진 것 같다. 역시 많이 할수록 느나 보다. 나는 하다못해 네일아트를 받는 것마저 어색하고 두려워서 버킷리스트를 몇 년을 미뤄왔었다. 받아보니 별 것 아니더라. 스스로에게 다짐한다.

"시작이 두려울지라도 조금만 용기를 내보자!"

내가 사라지지 않게
나를 지키는 법

요즘 주변 사람들과 나의 최대 관심 주제는 인간관계다. 친구들과 대화를 나눌 때도 대개가 인간관계 이야기다. 엄마는 친구들과의 관계로 골머리를 싸고 있는 나를 보며 인간관계에 너무 휘둘리면 안 된다고, 주관을 가지라고 조언해준다. 성인이 되어보니 늘 강해 보이던 엄마에게도 가장 힘든 부분이 인간관계였다.

인생은 사람과 부대끼며 살지만 죽을 때는 혼자 죽는다며 하고 싶은 일, 하고 싶은 말은 무조건 하라는 아버지도 결국 사람을 너무 좋아한다. 인간관계에 별 탈이 없으려면 내 색깔이 너무 강해서도 안 되고 너무 흐려서도 안 되는 것 같은데, 또 그건 그것대로 너무 힘든 것 같다. 멀리서 바라보면 제각기 알록달록 다양한 색을 가진 사람들이 모여 얼룩을 남기거나 섞여버리거나 점점 검은색으로 바뀌어가는 듯하다.

사회로 나와 겪는 인간관계의 무게는 학창 시절 때와 비교도 안 되게 무거웠다. 내가 학생 때 겪었던 문제들은 최소한 대화로라도 해결되었기 때문에 인간관계가 무서울 정도는 아니었다. 사회에 나와 겪은 갈등들은 왠지 나의 생계까지 위협받는다는 느낌이 든다. 많은 것들이 엮여 있다 보니 원만하게 해결하기 위해서는 생각해야 할 것들이 너무 많다. 각자 나이가 들면서 신경 써야 하는 것들도 많아지고, 가치관이 달라지면서 각자의 색깔이 진해지는 만큼 훨씬 어려운 문제가 되는 것 같다.

처음 대학교에 올라와 그저 싱글벙글한 신입생이었을 때, 조별 과제라는 걸 처음 접하고 꽤 큰 충격을 받았다. 당연하게 나처럼 모두 열심히 참여할 거라고 생각해서 그랬던 걸까? 내 첫 조별 과제 조원들은, 좋은 성적으로 장학금을 받아 등록금에 보태야 하는 나와는 너무 달랐다. 첫 만남, 옹기종기 모여 조장을 선별하는 시간부터 뭔가 잘못되어 가고 있음을 느꼈다. 어떻게라도 진행해보려는 나와 다르게 아이들은 왜 그렇게까지 해야 하냐고 되물었다.

분명 내가 판단하기에는 당연히 해야 하는 자료 조사를 이야기했는데 되물음을 당하니 당황스러웠다. 지나치게 여유를 부리거나 게으르기까지 한 아이들의 모습은 아등바등 움직여야 하는 나에게는 상대적 박탈감을 주기도 했다. 그럼에도 함께하려는 몇몇 아이들과 만들어낸 결과물로 괜찮은 성적을 받았다. 지금 나에게는 대충의 매뉴얼이 있지만 그때는 굉장히 어려운 일생일대의 난제였다. 아마 사회에 나와 처음으로 겪은 가장 어려운 인간관계가 조별 과제 안에 전부 담겨 있지 않았을까 싶다.

성인이 되어 레스토랑 서빙으로 첫 아르바이트를 시작했다. 그 동네에서 꽤 유명한 레스토랑인지라 아르바이트생이 자주 바뀌기보다는 몇 명이 오래 꾸준히 일했다. 어리바리 그 자체였던 스무 살의 나는 눈치 보기에 바빴고 낯가림이 풀리기 전까지는 일을 제대로 해내지도 못했다. 그 과정에서 메뉴를 잘못 받거나 접시를 떨어뜨릴 때면 함께 일하던 동료들이 텃세를 부렸다. 혼잣말을 하는 척하며 나를 험담했고, 점장님에게 알바를 다시 뽑아야겠다고 나 들으란 듯이 말하곤 했다. 그럼에도 싫은 소리를 듣지 않기 위해 모든 일에 최선을 다했다. 그렇지만 일이 익숙해지는 시점이 되어도 상황은 변하지 않았다. 계속되는 외모 지적이나 내 말과 행동에 대한 뒷이야기들로 나는 결국 그곳을 그만둘 수밖에 없었다. 그 당시 내가 할 수 있었던 건 뭐가 있었을까?

대학교를 졸업하고 본격적으로 사회에 나와서는 오히려 가까운 친구들과의 인간관계가 어려워졌다. 내 일에 대한 이야기나 속마음을 털어놓으면 이해하지 못하거나 시기 질투를 했다. 같이 연기를 시작한 친구에게 신세타령을 한 적이 있다. 여러 가지 일을 해내기 어려운 내 상황을 설명했다. 바쁘고 힘든 다른 일들 때문에 하고 싶은 웹드라마에 참여하지 못한다는 것을 이야기했다. 공감과 위로와 약간의 해결책을 바라며 30분 동안 내 이야기를 펼쳤는데 친구는 조용했다.

"그렇구나!" 친구는 한마디로 반응하고 나에게 되물었다. "너 그런데 되게 재수 없는 거 알아?" 황당한 나는 이게 무슨 상황인지 생각하며 내가 한 말을 급히 돌이켜보았다. 친구는 기회를 앞두고도 힘들다고 툴툴대는 내 모습이 너무 재수 없다고 했다. 솔직한 친구의 반응이 한편으로는 고맙기도 했지만 그 후로 내 고민과 이야기를 쉽게 꺼내지 않게 되었다.

인간관계란 너무 어려운 것 같다. 어쩌면 나는 프리랜서이자 배우로 살아가기 때문에 회사생활을 하며 규칙적으로 타인과 부딪히는 사람들에 비하면 인간관계로 인한 갈등을 덜 겪을 수도 있다. 내 주변 친구들의 경우와 비교해도 나는 해결책을 찾기 어려워할 때가 많다. 그렇지만 그래도 내가 가장 중요하게 생각하는 부분이 있다. 그것은 바로 나를 지키는 일이다. 타인에 의해 조금은 다치고 멍

들더라도 필요 이상으로 상처받거나 내가 사라지지 않도록 지키는 게 중요하다고 느꼈다. 만일 첫 아르바이트 경험에서 엄마의 흔들리지 말라는 조언을 듣지 못했다면 나는 쉽게 무너졌을 것이다.

고민 상담 콘텐츠를 진행할 때마다 인간관계로 힘들어하는 친구들의 사연을 보면 쉽게 답하기 어려운 부분들이 많다. 그때마다 늘 자신을 잘 지켰으면 좋겠다고 이야기한다. 나 역시 아직 어떻게 해결해야 할지 모르겠는 경우가 아주 많다. 문제를 마주했을 때 피하기보다는 잘 갈고 닦으며 좀 더 현명한 사람이 되었으면 한다.

감당하기 어려울 때면 주로 엄마를 찾아가곤 하는데 요즘 들어 엄마도 나를 찾아오는 걸 보니 인간관계란 평생 어려운 주제인가보다. 그래도 엄마의 말처럼, 그리고 내가 믿는 대로 나만의 색깔을 잃지 않으며 잘해내려 한다.

너무 완벽하면 재미없어, 뭔지 알지?

우리 엄마는 학원 원장이다. 어렸을 때 엄마는 내가 성적을 잘 받아오면 인정해주었지만 그렇지 않으면 냉담하게 바뀌었다. 그럴 수밖에 없는 게 엄마가 학생들을 가르쳤기 때문에 자식들의 성적이 엄마의 성과로 느껴지기도 했을 것이다. 지금에 비해 여유가 없던 그때는 나의 꿈이나 건강 혹은 소소한 근황보다는 학업에 대한 짧은 대화가 전부였다.

자연스레 인정욕구가 결핍된 채로 지내며 어떤 방식으로든 내 가치를 증명하려는 습관이 자리 잡게 되었다. 친구들과의 관계 속에서 인정받고 있다는 생각에 엄마와의 관계는 점점 더 엇나갔고, 엄마는 속상한 표정으로 점점 목소리가 커졌다. 이런 관계는 내가 루푸스라는 병에 걸려 여러 번의 고비를 넘기는 고단한 과정 속에서 자연스레 멈췄다. 엄마와 나는 내가 뭔가를 해내지 않아도 존재 자체만으로 가치 있다는 걸 그제야 알게 되었다. 끊임없이 인정받으려는 내 모습을 보면서 그 시기의 결핍을 마주할 수 있었다.

루푸스라는 병이 찾아온 중학교 3학년 이후 엄마의 태도는 많이 바뀌었다. 사느라 바빠 살뜰하게 챙겨주지 못했던 돌도 씹어 먹던 맏딸의 건강이 갑자기 생사를 오갈 정도로 악화되자 엄마는 큰 충격을 받은 것 같았다. 성적이나 생활 태도보다는 잘 먹고 잘 지내는지, 스트레스받는 일은 없는지를 더 궁금해했다. 문제집을 골라주기보다 어떤 쌀을 먹일 것인지에 더 심혈을 기울였다.

엄마가 나의 건강을 챙기기 시작하자 친구들을 만나기 어려워진 나는 공부로 내 가치를 증명하려 했다. 아프기 전에는 일절 하지 않던 공부를 밤늦게까지 붙잡고 있었고, 병원 일정으로 빼먹은 수업 역시 밤을 지새우며 챙겼다. 이런 모습을 보면서 엄마는 오히려 속상한 표정을 지었다. 엄마를 기쁘게 할 수 있는 유일한 방법이 공부뿐이라고 생각한 나는 어떻게 해야 할지 몰랐다. 여전히 엇나가는 엄마와 나는 서로를 이해할 수 없었고 수많은 대화를 나누며 불같이 화내기도 하고 눈물을 흘리기도 했다.

싸우기에도 지친 어느 날, 진심을 털어놓는 순간이 찾아왔다. 대화를 나누다 보니 나도 몰랐던 나의 인정욕구와 결핍을 이야기할 수 있었고, 엄마는 슬픈 표정을 지으며 내 존재 자체만으로도 충분하다고 이야기했다. 나도 모르게 끊임없이 갈구하던 엄마의 인정을 받는 순간 뭔지 모를 벅참과 허탈함이 함께 느껴졌다. 나에게 가장 필요했던 것이었나 보다. 그렇게 우리는 건강하고 바른 생활을 첫 번째 우선순위로 정했다. 돈도 명예도 건강에 비하면 아무런 가치도 없으니 천천히 욕심내지 말고 하고 싶은 걸 해보자고 약속했다. 엄마와 나는 그 과정을 함께 겪어오며 세상에 둘도 없는 친구가 되었다.

몸을 챙길 수 있게 된 시점 이후, 천천히 배우라는 꿈을 다시 꿀 수 있었다. 부모님의 지원과 정서적 안정 속에 다시 시작할 수 있게 된 것이다. 나를 증명해내고 인정받으려는 욕구는 내게 강한 생활력과 책임감을 가져다주었지만 한편으로는 브레이크 없는 스포츠카처럼 만들어놓기도 했다. 양날의 검인 이 마음은 인정받으면 받을수록 점점 더 심해졌다. 계속해서 나를 증명해내지 않으면 불안했다.

많은 일을 경험할 수 있는 원동력이 되기도 했지만, 한편으로는 몸에 무리가 되기도 했다. 충분한 숙면이 최고 우선순위임에도 불구하고 내가 맡기에 버거운 일들도 놓치지 않으려 밤을 새웠다. 매일 올리는 영상의 성과와 피드백을 즉각적으로 확인할 수 있는 크리에이터 생활은 나에겐 '도파민' 그 자체로 다가왔다.

처음 1~2년 동안은 매일 영상을 올리며 나를 돌보지 않고 내가 할 수 있는 일에 좀 더 집중했다. 크리에이터 일의 재미에 미쳐 있는 동시에 나를 봐주는 팬 빵쟁이들의 기대를 충족시켜주고 싶었다. 건강한 바른 생활을 우선으로 하겠노라 다짐했던 엄마와의 약속을 무시한 채 내달렸다. 집에서 체력을 비축하며 일할 수 있어서 그나마 신체적으로는 무리가 덜했지만 마음까지 지켜주지는 못했다.

많은 것을 얻었지만 정신적으로도 많이 피폐해졌다. 사람들을 위해 영상을 만들겠다는 목적을 잃고 영상을 만들고 있었다. 물론 충분히 즐거웠지만 영상을 찍을 때와 작업을 마친 뒤의 간극이 너무나도 컸다. 영상을 찍을 때는 누구보다 행복했지만 집중할 구석이 사라지면 불안이 찾아왔다. 반복되는 생활에 더할 나위 없이 정신적으로 지치고 나서야 내 상태를 마주하고 엄마와의 약속을 다시 떠올리며 균형을 찾았다.

지금도 내 욕심을 완전히 내려놓지는 못한 것 같지만 그때보다는 많이 여유로워졌다. 인정욕구를 내려놓기까지 수많은 좌충우돌이 있었다. 나 자체만으로도 이미 가치가 있다는 걸 알지만 자주 까먹는다. 그럼에도 우선순위가 크게 뒤바뀌는 경험을 통해 돈이나 명예 그 어떤 것도 건강보다는 가치가 없다는 걸 알게 되었다. 빨리 가지 않아도 되고 여유롭게 천천히 가도 된다는 것 또한 알고 있다.

여전히 내 속도를 주체하지 못하고 지나친 인정욕구에 끌려갈 때도 있지만, 그럴 때마다 내 존재 자체만으로도 충분하다는 엄마의 말을 떠올린다. 우리는 모두 충분한 사람들이니 잠시 멈춰도 되고 무리하지 않아도 되고 천천히 가도 괜찮을 것 같다.

이 아메리카노가
미지근해지기 전까지는

커피는 내게 휴식처이기도 하고 동시에 각성제이기도 하다. 대학교에 올라오면서부터 커피를 본격적으로 마시기 시작했다. 처음에는 아메리카노도 못 마시는 초딩 입맛이고 싶지 않아 열심히 마셨다. 점점 과제 양이 많아지고 수업의 난이도가 높아지면서 나 스스로 커피를 찾기 시작했다. 잠을 쫓는 카페인의 맛을 알아버린 것이다. 대학 시절 나는 나름 열심히 하는 학생 중 하나였다. 밤새 과제를 하거나 대본을 외워야 할 때면 커피를 사 들고 자취방으로 향했다. 그럴 때마다 뭔가 든든한 지원군을 데려가는 느낌이 들었다.

이 아이스 아메리카노가 미지근해지기 전까지는 꼭 할 일을 끝내리라 다짐했다. 대학교에서 우리는 서로에 대한 애정을 카페인 충전으로 표현했다. 동기, 후배, 선배 혹은 교수님까지 뭔가 지쳐 보이거나 큰 발표를 앞두고 있으면 커피를 사줬다. 밤낮 없이 지쳐 있는 연기과 학생에게 커피 한잔은 힘이 되는 모든 문장을 대신할 수 있을 정도였다. 그래서 그런지 대학교를 졸업할 즈음 내 별명은 '황니진'이 되어 있었다.

지금도 큰맘 먹고 해결해야 할 일이 생기면 커피부터 찾는다. 커피를 마시면 잠도 깨고 의지가 올라와 더 잘해보자는 마음을 갖게 된다. 커피를 좋아하는 사람을 만나면 반가운 동질감을 느낀다. 커피를 마시는 이유는 카페인 말고는 딱히 없기 때문에 나와 비슷하게 살아가겠구나 싶어 동질감을 느끼는 것이다.

이외에도 내가 커피를 좋아할 수밖에 없는 이유가 있다. 어느 날 내가 예기치 못하게 입원해야만 하는 상황이 왔을 때다. 첫 자취를 시작한 후, 개강 첫날에 쓰러져 응급실에 가게 되었다. 복부에 출혈이 생겼는데 이를 멎게 해줄 혈소판이 몸에 없었던 것이다. 복부 출혈을 막기 위해 급히 수술해야 했는데, 그러자니 또 혈소판이 없어 수술이 불가능했다.

이런저런 좋지 않은 상황들로 나는 엄마의 손을 잡고 혼자 마음의 준비를 하기도 하고 두려워하기도 했다. 결국 수혈을 받아 기적처럼 혈소판 수치가 회복되었고 끝내 수술을 잘 마쳤다. 엄마는 아마 나보다 더 속상하고 견디기 힘들었을 것이다. 나는 평소 아픈 내 몸 상태로 인해 엄마 앞에서 한번도 절망한 적이 없었는데, 이때 엄마 앞에서 처음으로 무너졌다.

그때 이후로 엄마는 병실을 떠나기 전에 말없이 따뜻한 아메리카노를 건네주었다. 엄마의 유일한 취미가 커피타임이었는데, 엄마는 아마 그 힘든 시간들을 커피로 조금이나마 달랬던 것 같다. 쌀쌀한 저녁 어둡고 조용한 병동 안에서 엄마가 주고 간 커피를 마실 때면 복잡한 생각들이 녹아내렸다. 그때의 그 따뜻함과 편안함은 잊을 수가 없다. 내일을 살 수 있는 용기가 생겨 다시는 엄마를 힘들게 하지 않으리라 다짐했다.

이때의 기억 때문인지 생각이 복잡해지면 그렇게 커피를 찾는다. 종이와 펜을 들고 가 혼자 카페에 앉아 커피를 마시면 한 시간 내에 모든 생각이 정리된다. 각성을 위해 한 잔, 생각 정리를 위해 한 잔, 휴식을 위해 한 잔을 마신다. 건강을 위해 마시는 양을 조절해야겠지만, 나에게 커피는 삶을 더 힘차게 살아갈 수 있게 도와주는 음료다.

어른의 맛,
핫케이크

여러분은 추억의 음식이 있는가? '추억의 음식'이라는 말 자체가 너무나 따뜻하게 느껴진다. 나에게 추억의 음식은 정말 많다. 아마 내가 매우 감성적이라 그럴 수도 있고 어릴 때부터 다이내믹한 상황을 많이 접해 그런 걸지도 모른다. 그중 가장 중요한 음식이 있다. 가장 힘들었지만 꺾이지 않고 열정적으로 살았을 때의 기억을 오롯이 담고 있는 '핫케이크'다.

부모님이 난치병이 있는 나를 위해 병원비를 많이 썼다는 걸 나는 잘 알고 있다. 자식 셋을 키우는 데 돈이 많이 든다는 것도 잘 알고 있고, 무리해서라도 나를 지원해 주려 했다는 것도 잘 알고 있었다. 경제적으로 독립하고자 하는 마음이 저절로 들었다.

지원을 받아도 모자란 연기과에 입학해놓고서는 경제적으로 독립하겠다고 선언해버린 것이다. 참 호기로웠다. 어쨌든 그렇게 다양한 이유로 나 자신을 책임지기로 마음먹고 학교생활과 함께 여러 가지 아르바이트를 시작했다. 대체로 당일 아르바이트를 많이 했는데 제일 진득하게 오래한 아르바이트는 햄버거 가게였다.

대학교 2학년 때부터는 자취를 시작했기에 아르바이트가 필수가 되어버렸다. 1학년 때는 본가에서 지내며 비교적 여유로웠고, 학교 지침에 따라 공연에 참여하지 못했으니 편한 마음으로 아르바이트를 할 수 있었다. 2학년 때부터는 공연 제작 실습에 참여하며 자취를 시작했으니 뭐든 했어야 했다. 경제적 독립이라고 했지만 자취방은 부모님이 얻어주었다. 고집부리지 말라며 보증금과 월세를 마련해준 것이다. 공연 제작 실습에 들어가면 평일에는 모든 수업이 끝난 오후 6시부터 10시까지 연습했고, 공연 막바지 때는 주말에도 오전 10시부터 오후 10시까지 연습했다. 이런 생활 속에서 꾸역꾸역 아르바이트를 해 생활비를 모았지만 공연이 가까워질 즈음에는 아르바이트를 관둬야 했다.

아르바이트 수입이 끊긴 상황에서 생활비를 아끼기 위해 최종적으로 터득한 방법은 제일 저렴하지만 제일 맛있는 핫케이크를 만들어 먹는 것이었다. 거기에 3,000원짜리 무말랭이 한 봉지와 4,000원짜리 사과 한 봉지면 일주일은 끄떡없었다. 여러 종류의 비타민을 충분히 복용하고 있었기에 건강에는 큰 문제가 없었다. 아침에 일어나 사과 하나를 먹고, 점심에는 자취방에 돌아와 핫케이크를 만들어 먹었다.

한 번 만드는 정량이 내 한 끼로는 너무 많아 저녁에도 핫케이크를 먹었다. 질릴 만도 했는데 너무나 맛있었다. 하고 싶은 일을 할 수 있다는 것만으로도 너무나 행복했던 것 같다. 가끔 부모님이 보내주시는 용돈으로 백반이나 진짜 먹고 싶은 음식을 사 먹을 때면 퀘스트를 해내고 보상받는 느낌이 들어 꽤나 재미있었다.

그렇게 알뜰살뜰 열심히 살면서 나의 제일 큰 목표였던 과 1등을 하게 되었다. 다음 학기 등록금 면제! 그 기쁨은 이루 말할 수 없었고 나에겐 자존감과 열정이 채워지는 행복한 나날들이었다. 틱톡을 시작하면서 많은 시청자들과 즐겁게 소통하며 지내다 광고도 한두 개씩 받았다. 받은 광고비를 차곡차곡 쌓아 아르바이트를 관두고 학교생활과 영상 제작에 몰두할 수 있었다. 워낙 몸이 약해 무슨 아르바이트를 해도 무리가 되었던 나에게 틱톡에서 들어오는 광고비는 가뭄 속 단비와도 같았다. 아르바이트를 관두고 생긴 시간으로 틱톡 라이브를 진행했다. 그 속에서 다양한 친구들과 삶을 나누었고 그 내용을 자양분 삼아 학교에서는 연기를 했다.

어느 순간부터 핫케이크를 먹지 않아도 되는 날이 찾아왔다. 언제부터 주식으로 안 먹게 되었는지는 기억나지 않는다. 차츰차츰 여유를 갖게 된 것 같다. 가끔 내가 나아진 생활을 당연하게 여기는 걸 자각할 때면 혼자 핫케이크를 해 먹는다. 핫케이크를 만들어 먹으면 독립하기 위해 무던히도 애쓰던 그때의 결심과 책임감이 떠오른다. 늦은 밤, 틱톡 라이브 속에서 서로를 다독이던 공기가 고스란히 느껴진다.

혼자 핫케이크를 만들다가 운 적도 있다. 그때 너무나 도와주고 싶었겠지만 나의 독립을 위해 멀리서 가만히 지켜보던 부모님의 따뜻한 시선이 느껴진다. 그러면서 처진 나를 다시 세우고 가끔 툴툴대는 내 모습을 반성하게 된다.

나에게 핫케이크는 어른의 맛이다. 나 스스로를 책임지기 위한 첫 발걸음의 모든 냄새가 담겨 있다. 열의를 불태우고 싶거나 초심을 찾고 싶거나 그저 위로받고 싶을 때, 나는 핫케이크를 먹는다.

너 지금
괜찮냐?

나는 사람을 참 좋아한다. 성격과 직업 덕분에 다양한 사람들을 만나고 함께 많은 고민을 해와서 그런지 상대방의 상태를 잘 파악하는 듯하다. 내 전공인 연기는 사람을 분석해야 하는 학문인데 때론 이 공부가 내가 겪는 문제의 원인과 해결 방법까지 찾게 도와준다. 그러나 정작 나는 이 좋은 장점을 나에게 적용할 생각을 하지 못했고, 사람을 좋아해 사람 사는 이야기의 영상을 만들던 내가 결국에는 사람을 멀리하기도 했다.

학창 시절 내 상태를 파악하지 못해 생긴 문제들은 연

인과의 갈등이나 친구들과의 사소한 다툼 혹은 어른들께 욱하며 대드는 경우가 전부였다. 나를 돌보지 못해 생기는 문제는 나 자신보다 타인과의 갈등에 그쳤었다. 하지만 크리에이터가 되면서 다양한 상황과 사람들을 마주하며 많은 일을 하다 보니 나 자신을 살피고 돌보지 않는다면 모든 게 무의미하다는 걸 깨달았다.

어느 날부터 매일매일 1분 이내의 짧은 영상을 만들어 올리기 시작했다. 하루하루 고달픈 대학생활 속에서 영상을 만들어 올리는 것만으로도 충분히 즐거움을 느꼈다. 그런데 점차 늘어나는 손님들 덕에 유명세도 함께 얻었다. 그때 당시 나는 마지막 학기를 다니던 대학생이었고 주변 친구들보다 세상 물정 모른 채 살아가는 약간은 천진난만한 아이였다. 하는 일이 인정받고 있다는 생각에 그저 싱글벙글 지내던 나에게 예상치 못한 하나의 큰 변수가 찾아왔다.

그건 바로 언제 어디서든 누군가가 나를 알아본다는 것이었다. 학교생활과 채널 운영 만으로도 충분히 버거운

데, 그 속에서 생겨나는 크고 작은 갈등으로 인해 감정이 휘몰아쳤다. 집에서는 영상을 찍거나 과제를 했고 학교에서는 나름 공부와 교우관계에 집중했기에 나를 온전히 돌볼 시간이 매우 적었다. 등교나 하교 때 혹은 가깝게 지내는 동료들과 밥을 먹거나 술을 한잔할 때만이 작게나마 나를 돌보는 시간이었다. 그렇게 유일하게 나를 돌보는 방심한 상태에서 강력한 변수가 들어선 것이다.

사람들이 내 영상을 보고 나를 알아볼 때면 이루 말할 수 없는 반가움과 고마움을 느낀다. 내 채널 속의 시청자들과 나의 관계는 친하다 못해 괴롭히기 바쁜 친구 사이여서 만나서도 똑같이 서로를 친근하게 대한다. 이런 건강한 만남은 내게 큰 힘이 된다. 문제는 단 한 번도 생각해보지 못한 경우였다. 저녁 시간에 친구들과 밥을 먹는데 옆 테이블에서 내 영상 소리가 들려왔다. 한 명은 나를 찍고 있고 한 명은 영상을 틀며 내 반응을 살피고 있었다. 예상에 없이 내가 찍히고 있다는 사실만으로도 당황스러운데 내 지인들까지 모두 찍혀 공유될 거라고 생각하니 신경이 쓰일 수밖에 없었다.

짬을 내 만든 술자리에서는 보통 누군가의 하소연을 공유하며 사적인 이야기들이 오고 간다. 그러던 중 어떤 분위기인지, 누구랑 마시는지 상관 없이 이야기 중에 내 닉네임을 외치며 나를 끌고 나가거나 아무 말 없이 나를 쳐다보는 사람들이 있어서 대화를 멈출 수밖에 없는 경우가 빈번했다. 대화를 나누고 돌아와 다시 이야기하면 되지만 나를 기다리는 친구들에게도 나로 인해 흐름이 끊기는 것도 너무 미안했다.

누군가가 학교 근처에서 자취하는 내 뒤를 따라오거나 자취방 현관문을 열려고 하는 경우도 있었다. 늦잠에 똥줄 타며 아슬아슬한 출석 세이브를 위해 달리는 나를 가로막고 본인 지인이나 가족들을 위해 카메라에 한마디 해달라는 부탁을 듣고 있어야 하는 경우도 있었다. 내가 지인들과 함께 있다는 것만으로도 피해를 줄 수 있다는 것과 내 사생활이 온전하지 못하다는 생각이 나를 갉아먹기 시작했고 나는 점점 활기를 잃어갔다.

욕심이 많아 어느 하나 내려놓는 방법을 몰랐다. 나를

파악하고 잘 돌볼 줄도 몰랐기에 불편함이 느껴지자 뭔가 잘못되고 있다고 생각했다. 너무나 감사하지만 속상하게도 빠르게 성장하는 내 채널의 속도는 내 그릇이 함께 성장할 시간을 기다려주지 않았다. 이런 괴리감을 유연하고 현명하게 받아들이기보다는 학교생활 이외에는 밖에 나가지 않는 자발적 고립생활을 택했다. 안전하다고 생각되는 공간 속에 나를 가두고 눈앞에 펼쳐진 일들에 매달려 졸업과 채널 성장에 집중했다.

졸업 이후에도 외출을 피하며 새로운 사람을 전혀 만나지 않았다. 왠지 모를 극도의 무력감과 우울, 불안함을 견뎌내는 방법은 일에 집중하는 것뿐이었다. 크리에이터나 배우로서 할 수 있는 일들을 모조리 했다. 2월 졸업 이후 매일 하루 다섯 시간씩 하나의 영상을 만드는 루틴 속에서 5월부터 9월 중순까지는 웹드라마도 촬영했다. 촬영이 끝나자마자 외부 공연에 주연 배우로 참여했고 학교 체육대회 댄스 무대도 준비했다. 중간중간 한 달 정도 걸리는 브랜드 협업 광고 제작과 웹 예능 출연, 그리고 채널 이벤트도 놓치지 않았다.

이런저런 일정이 끝난 10월 중순, 나는 완전히 지쳐버리고 말았다. 체력과 정신력으로 어찌어찌 버티던 내가 체력도 정신력도 모두 바닥나고 만 것이다. 항상 영상 속 행복한 '빵먹다살찐떡'과 너덜너덜해져 있는 현실 속 내 모습의 괴리감이 당연하게 느껴졌다. 내가 어떤 상태인지, 왜 이러는지도 알 수 없어 할 일을 다 마친 밤이 되면 라이브를 켜지 못하고 엉엉 울며 밤을 보냈다.

10월 중순 새벽 4시, 자취방 벙커 침대 위에 드러누워 뭣도 없는 휴대전화를 뒤적거리던 나는 몸과 마음이 건강하던 때의 라이브 영상을 발견했다. 아무 생각 없이 멍한 채로 엎드려 작은 휴대전화기로 상당히 긴 라이브 녹화본을 봤다. 친구들의 고민을 읽으며 내 생각을 말해주거나 시청자들과 다 같이 해결책을 찾아나가는 콘텐츠를 다룬 라이브였다. 멍한 채로 보다가 그 상태로 해가 뜰 때까지 엉엉 울었다.

분명 나는 저렇게 반짝거리며 누군가에게 꿈과 희망을 혹은 위로를 주곤 했는데 지금의 나는 왜 이런지 한탄스러웠다. 열심히 해온 결과가 내가 망가진 거라면 분명 뭔가 잘못된 거라고 느꼈다. 이 상태로 만드는 영상은 그 누구에게도 좋은 영향을 끼치지 못할 테고, 제일 중요한 나 자신에게도 좋은 영향을 끼치지 못할 거라는 걸 느꼈다.

자고 일어난 그날 바로 채널 휴무를 공지하고 하루 종일 테트리스를 하거나 그림을 그렸다. 그렇게 한 주간 내 감정을 정리하고 나니 문제 해결 방법이 보였다. 역시나 어릴 적 그랬던 것처럼 종이 위에 나에 대해 펼쳐놓으며 문제의 원인을 헤집었다. 그 속에서 어릴 때와는 많이 달라진 내 모습을 발견하며 내 생각도 다시 정리했다. 생각을 바꾸고 내 마인드 자체도 다시 정립했다. 일하는 시간과 나만의 시간을 분리했고, 다시 생겨난 강박증이나 피해의식 그리고 꼬여 있는 생각들도 하나하나 풀어갔다. 그렇게 밤낮없이 꼬박 3주가 걸렸고 그 이후에야 나는 다시 영상을 찍고 싶다는 생각이 들었다.

이렇게 끝까지 내려갔다 올라와서야 나는 내 상태를 들여다보려 노력한다. 내가 하고자 하는 일과 제일 싫어하는 피해 끼치는 일을 벌이지 않으려면 먼저 나를 돌봄으로써 좀 더 단단해져야 한다는 것도 깨달았다. 주변 친구들이 힘들어 보이거나 전혀 그럴 수 없는 상황인데 해맑게 웃고 있으면 조심스레 다가가 지금 어떤 상태냐고 물어본다. 어떤 상태이고 어떤 일들이 있었는지에 대해 물어보면 그 친구도 곰곰이 생각하며 이야기하다가 자기 자신의 상태를 인지하곤 한다. 그 대화가 시작되면 다음 날 일정은 포기한 채 밤새 입이 마를 때까지 이야기를 나누곤 하지만 그만큼 중요한 부분인 것 같다.

이제 스물다섯 살밖에 되지 않았고 아직 경험할 일들이 많기에 내 상태를 계속 들여다보며 중심을 잡아갈 수 있을지 모르겠다. 그렇더라도 어떤 일이 생기든 현명하게 나를 돌보며 힘든 상황에서도 남을 챙기는 좋은 사람이 되고 싶다. 그래서 지금도 나는 당신에게 괜찮은지, 어떤 상태인지 묻는다.

"너 지금 괜찮냐?"

3부

지금 이야기

방구석 극장으로 당신을 초대합니다

어제는 개복치,
오늘은 크리에이터

대학 시절, 교수님들은 개복치처럼 언제 아플지 모르는 내 몸 상태를 나보다 더 신경 써주었다. 함께 수업을 듣는 동기들도 마찬가지였다. 그건 아마도 1인 장면 발표 시간에 건강으로 인한 나의 아픔을 여과 없이 드러냈기 때문이 아닐까 싶다. 내 생각이나 감정 상태에 대해 굳이 말하지 않아도 모두가 이해하고 있었다. 하기야 “시작하겠습니다!”라고 해맑게 외치고 5초 뒤에 말없이 눈물을 흘리니 내 상태를 알고 싶지 않아도 알 수밖에 없었을 것이다.

모든 교수님들은 내가 병원 일정을 맞출 수 있도록 최

대한 배려해주었다. 배우라는 직업은 약속을 지키는 게 무엇보다 중요하지만 그보다 몸이 더 큰 자산이니 몸을 먼저 챙기라고 했다. 동기들도 무리한 신체 훈련을 할 때는 은근슬쩍 장난치며 나를 쉬게 해주었다. 술자리에서는 알코올로 적셔지고 싶은 내 맘을 다독이며 절대 술을 주지 않고 콜라만 주야장천 마시게 했다. 그런 따뜻한 관심과 정겨운 괴롭힘은 내게 최고의 울타리가 되었다.

그럼에도 내가 극복할 수 없는 부분이 있었다. 바로 한 학기마다 있는 제일 큰 행사인 공연제작 실습이었다. 이 작업은 몸과 마음 그리고 대부분의 시간을 온전히 쏟아야만 좋은 결과가 나온다. 20분만 서 있어도 관절에 무리가 오는 나에게는 꽤 지치는 작업이었다. 모든 학생과 교수님, 학교 관계자들까지 합심해서 만들어가는 이 단체 예술에 나는 매료되었지만 내 몸은 한계를 느꼈다. 공연은 시간이 지날수록 점점 더 많은 에너지를 쏟아부어야 했다.

병원에 가는 횟수가 점점 잦아졌다. 안 그래도 감성적인 내가 하나의 인물에 푹 빠져 몇 개월을 살아가는 건 스트레스와 감정 소모가 컸다. 큰 무대에서부터 내가 쓸 작은 소품까지 직접 제작하면서 내 관절은 망가졌다. 하나의 공연이 끝날 때마다 큰 성취감과 소중한 경험을 얻었지만 그만큼 잔병도 늘었다.

그래서 신학기가 시작되고 새로운 공연팀에 지원하는 시즌이 오면 나는 생각이 많아질 수밖에 없었다. 어떻게든 해낼 수 있다는 자신감은 충만했지만 불가피하게 멈출 수밖에 없는 상황이 온다면 주변 사람들에게 너무 큰 민폐를 끼치기 때문이다. 나의 이런 딜레마를 잘 아는 교수님과 동기들은 내 생각에 공감하며 함께 짐을 나누었다. 사회에 나가서는 절대 받지 못할 엄청난 배려 속에서 결국 졸업할 때까지 안정적으로 모든 공연을 잘해냈다.

한 가지 큰 걱정은 정말 실전에 나갔을 때였다. 수많은 사람들의 생업이 달린 많은 작품에 요구사항이 많은 배우를 굳이 데려갈 것 같지 않았다. 물론 내가 그만큼의 실력과 가치가 있다면 스스로를 다독이며 밤낮없이 연습하고 노력했겠지만, 이 생각들은 나를 자주 무너뜨렸다.

코로나19로 수업이 원격으로 전환되고 학내 행사들이 취소되었을 때 학교의 많은 사람들이 너무나 아쉬워했다. 다들 답답하다며 밖에 나가 몸으로 부딪히며 배우고 싶다고 호소했다. 사실 그런 친구들에게는 많이 미안했지만 나에게는 원격 수업이 너무 잘 맞는 교육 환경이었다. 연기를 혼자 하는 것에 대한 한계는 둘째치고 내 건강을 챙기며 배울 수 있었기 때문이다. 그 시기에 나는 자연스럽게 크리에이터 일을 시작했다.

대면 수업으로 바뀌어 다시 학교에 돌아가도 계속 영상을 업로드했다. 원래 벅찼던 학교생활에 영상 작업까지 하게 되니 더 자주 몸의 한계에 맞닥뜨렸지만 멈출 수 없었다. 영상을 만들고 업로드하는 것에서 즐거움을 느껴 그랬다기보다는 내 연기로 뭔가를 전달하고 그것에 대해 이야기를 나누는 게 즐거웠다. 그렇게 영상을 제작하고 업로드하는 과정은 내 몸을 충분히 돌보면서도 할 수 있는 일이기에 드디어 내 자리를 찾은 것처럼 느껴졌다.

자연스레 시청자들은 내가 배우를 지망한다는 걸 알게

되었다. 일부 시청자들은 내 연기에 대한 코멘트도 해주었다. 나 자체에 대한 코멘트도 있었다. 누구는 그게 악플이라고 말할 수 있지만 내게는 너무 고마운 피드백이었다. 내 외모에 대해, 내 말투나 습관에 대해, 그리고 내 가치관이나 내가 하는 사소한 생각들에 대해 우리는 많은 이야기를 나누었다. 영상을 올리고 댓글을 보고 답글을 달고 다시 영상을 올리는 과정은 카메라 마사지처럼 나를 갈고 닦는 시간이었다.

크리에이터라는 일은 그런 다양한 매력과 장점으로 내 삶 속에 자연스럽게 녹아들었다. 시청자들은 내가 하는 말 속에서 자연스럽게 나의 몸 상태와 한계를 알아차렸다. 물론 지금은 일부의 친구만이 알고 있지만, 내 상황을 잘 알고 있는 친구들에게 힘입어 좀 더 열심히 꿈에 다가갈 수 있었다.

내가 처음으로 외부 작품으로 데뷔하게 되었을 때도, 온전히 내 힘으로 들어갔다기보다 고마운 시청자들 덕분이었다. 그리고 역시 나보다 시청자들이 더 기뻐해주었다.

심지어 첫 작품의 감독님마저 내 영상의 애청자였으니 내가 느끼기에는 그들이 나를 배우로 만들어준 것이나 다름없다.

내가 만드는 영상을 감상해주고 때로는 감상평을 남겨주는 모습에 나만의 커다란 관객이 생겼다고 느껴졌다. 그들은 내가 크리에이터 일을 하다가 외부 작품이나 외부 콜라보를 진행할 때면 한걸음에 달려와 피드백을 남기고 응원해준다.

배우로서 외부에 나가 작업할 때면 나는 여전히 나 자신을 많이 컨트롤한다. 외부 작품을 하면서 크리에이터 일까지 챙기다 보면 내 몸은 슬슬 '한계'를 외친다. 가끔 외부 작업을 할 때면 잠시 크리에이터 일을 내려두었다가 작업을 마치면 다시 크리에이터 일에 매진한다. 그렇게 잠시 방구석 무대의 막을 내릴 때면 방구석에서 기다릴 관객들에게 달려가고 싶은 마음이 간절해진다. 다른 큰 무대로 관객을 찾아갈 준비를 하고 있다는 생각으로 이런 마음을 꾹꾹 참아낸다.

나의 방구석은 이제 더 이상 나만의 공간이 아니다. 내가 지내온 자취방들 모두 나만의 공간이 아닌 우리의 공간이라고 생각한다. 아늑한 방구석에 관객들이 들어와 앉았을 때 비로소 '빵먹다살찐떡'이 되는 느낌이다. 여느 날처럼 아침에 눈을 떠 방 한구석에 카메라를 켤 때면, 나의 모든 걸 보여줄 최고의 조건을 만들어준 나만의 커다란 관객들에게 감사함을 느낀다.

댓글? 좋아요! 알림 설정!
마음 가는 대로 하세요

크리에이터가 되기 전에는 나도 누군가의 열렬한 시청자이자 팬이었다. 굉장히 많은 다양한 채널을 구독했다. 종일 여러 크리에이터의 영상을 보는 게 낙일 정도로 영상 보는 걸 좋아했다.

“구독, 좋아요, 알림 설정까지”라는 멘트가 크리에이터의 일상적인 인사말이 되었을 무렵이다. 영상이 업로드될 때마다 챙겨보던 채널의 크리에이터가 지나가듯 이런 이야기를 했다. “내 영상을 시청만 하고 ‘좋아요’나 ‘구독’ 그리고 ‘댓글’을 남기지 않는 사람들에게 너무 서운합니다.

내가 이 영상을 만들기 위해 몇 날 며칠을 쏟아부었는데 시청만 하고 가버리는 건 나를 너무 힘들게 합니다.”

처음에는 내가 좋아하는 크리에이터가 속상해하는 모습을 보니 안타까웠다. ‘좋아요’는 남겼지만 ‘댓글’을 남기지는 않은 터라 미안한 마음까지 들었다. 그 말을 듣고 나니 강박적으로 좋아요와 댓글을 남겼다. 그러다가 크리에이터의 상태나 반응을 살피는 지경에까지 이르며 지쳐갔다. 영상을 시청하고 즐기는 것 이외에도 내가 해야 하는 것들이 있다는 게 부담스럽게 느껴졌다.

그 이후로 자연스럽게 그 채널을 방문하지 않게 되었다. 시간이 지나 다시 찾아가게 되었을 때는 다른 사람들도 나와 같이 느꼈는지 채널이 많이 정체되어 있었다. 최근 영상에서는 전보다 더 대범해진 모습으로 아직 남아 있는 시청자들에게 보상을 요구하고 있었다.

지나가듯 흘리는 그 한마디가 나에게 이렇게 큰 영향을 줄 수 있다는 게 당황스러웠다. 그리고 조금씩 비슷해졌던 그 사람과 나의 생각을 느끼며 조금은 두렵기도 했다. 영향력 있는 사람의 언행이 중요하다고 하는 이유를 그때 깨달았다. 꼭 어떤 논란이나 큰 문제가 아니더라도 이렇게 작은 부분에서도 사람들은 영향을 받는다.

이제는 나도 크리에이터가 되었다. 솔직히 처음에는 별다른 큰 뜻 없이 재미로 시작했다. 내가 어떤 모습으로 세상에 메시지를 던지고 어떤 영향력을 줄 건지에 대한 생각이 명확하지 않았다. 그저 유쾌하게 사는 모습을 보여주려 했을 뿐이다.

평소와 같이 틱톡 라이브 방송을 끝낸 어느 날 밤, 인스타그램 DM으로 연락이 왔다. 본인이 많이 힘든 상황인데 나의 방송 속 이러저러한 이야기들로 큰 위로를 받아왔고 지금은 많이 나아졌다는 내용이었다. 나이가 많이 어린 친구였다. 작은 손으로 꾹꾹 눌러 담았을 글과 보답하고자 하는 마음이 무척이나 예쁘게 느껴졌다. 이외에도 다양한 치료 과정에 있는 사람들이 보내준 이야기도 있다. 어릴 적부터 학창 시절을 제대로 즐기지 못해 모르고 있던 부분들을 내가 만든 상황극을 통해 리얼하게 느낀다며 고맙다는 내용이었다.

누군가에게 힘이 된다는 사실은 큰 뿌듯함을 안겨주는 동시에 그만큼 더 괜찮은 사람이 되어야겠다는 다짐도 하게 만든다. 또 내가 만드는 영상이 누군가에게는 공감되는 이야기일 수도 있지만 누군가에게는 너무나 해보고 싶은 경험의 일부라는 것도 알게 되었다. 이렇게 조금씩 나의 영향력이 커지면서 이제는 예전처럼 장난스럽고 무심한 말과 행동으로 영상을 만들 수 없게 되었다.

나는 지난날 나를 불편하게 했던 그 크리에이터처럼 시청자들을 불편하게 하고 싶지 않다. 사람들에게 다양한 감정, 다양한 시각, 편안한 마음을 느끼게 해주고 싶다. 그리고 누군가에게는 참 좋은 사람으로 여겨지며 롤 모델이 되어보고 싶기도 하다. 장난으로 시작했지만 이제는 더 이상 장난으로 할 수 없는 이 직업이 무겁게 느껴질 때도 있다. 또 한편으로는 너무 감사하고 소중하다. 언제 어디서든 조심하려는 마음이 크다 보니 매 순간 나는 성장한다.

댓글에 달리는 다양한 이야기들로 내 시야가 넓어진다. 얼굴을 마주하진 않았지만 10년지기보다 더 끈끈한 시청자들과 서로의 외로움을 달래주기도 한다. 그래서 나는 이 일이 너무 좋다. 사람들이 내게 관심과 사랑을 주면 줄수록 나는 점점 더 좋은 영향력을 끼칠 수 있는 사람이 될 것 같은 예감이 든다.

나의 작은 관객들을 위한 '고숭이'입니다

크리에이터 일을 하면서 어느 순간 내 별명은 '이모'에서 '할머니' 그리고 '원숭이'로, 그다음에는 '고숭이'로 바뀌었다. 고숭이는 고릴라와 원숭이의 합성어다. 시청자들은 내게 원숭이나 원숭이 인형을 찍은 사진을 보내준다. SNS 피드에서 발견한 원숭이나 고릴라와 관련된 콘텐츠도 보내준다. 시청자들이 한 외국 브랜드에서 판매하는 원숭이 인형을 고숭이로 부르다 보니 가끔 다른 사람들도 그 인형을 고숭이로 부르곤 한다.

사실 나는 살면서 내가 원숭이를 닮았다고 생각한 적

이 한번도(!) 없기 때문에 여전히 이 별명을 부정하고 있고, 댓글에서는 이제는 받아들일 때가 되었다며 2년째 실랑이를 벌이고 있다.

사람들은 나를 원숭이라고 부르지만 나는 나를 '공주 요정 여신'이라고 부른다. 내 채널 속 내가 만드는 영상 속에서의 나는 원하는 무엇이든 될 수 있다고 생각하기 때문에, 이왕 부를 거 스스로 나를 공주 요정 여신이라고 부른다. 채널 주인장이 본인을 보는 시선과 시청자들이 보는 시선에서 오는 그 괴리가 오히려 하나의 재미 포인트가 되기도 한다. 나는 공주 요정 여신이라는 사실을 입증하기 위해 부단히 노력하는 영상을 만들고, 시청자들은 내가 원숭이 그 자체라는 걸 입증하기 위해 논리적인 댓글을 적는다.

이런 소통을 통해 쌓이는 다양한 에피소드 하나하나가 영상 작업물로 남을 때면, 그 영상을 즐기는 사람 모두 좀 더 유쾌하게 살아갈 수 있는 에너지를 나누어 갖는다. 나는 영상으로, 그들은 댓글로 서로의 외로움과 하루의 고단함을 덜기도 하고, 미래에 대한 진지한 토론으로 각자 멋지게 늙고 멋지게 살아남기를 기약하기도 한다.

가까이에서 실질적인 도움을 줄 수 없지만 적당한 거리에서 서로를 지켜봐주는 사이인 그들의 시선에서는 내가 나무에 매달려 있는 원숭이처럼 보일 수도 있겠다. 숲길을 걸어가다 잠시 쉴 때, 나무에 매달려 있던 내가 잠시 내려와 장난치며 말동무가 되어주고 그들은 바나나를… 아 편집자님, 더는 못 쓰겠어요…. 농담이고, 그들은 무엇이 되었든 자신이 가지고 있는 것들을 조금씩 나누어준다.

나의 작은 관객들이 바라보는 고숭이를 생각하니 배우라는 직업을 갖고 싶어 했던 이유, 배우가 되어 사람들에게 어떤 존재가 되고 싶었는지가 다시금 선명하게 떠오른다. 살다가 잠시 쉬어갈 때, 나를 통해 쉬었으면 좋겠다. 혹시 나도 기대어 쉬어도 되겠지? 좀 더 재미있게 생각하면 나무 위에 매달려 있는 나에게 시청자들이 바나나를 줄 테니 영상 내놓으라고 닦달하고, 바나나라는 소리에 냅다 영상을 던지는 모습도 상상하게 된다.

어떻게 되었든 나는 계속 내 자리에서 그들에게 장난치며 친구가 되어주고 싶다. 그런 존재가 되고 싶은 건 확실하나 왜 내 별명이 고숭이어야만 하는지에 대해서는 의문을 품고 있다는 사실을 전하며 시청자들도 내 친구가 되어주었으면 한다.

잠도 안 자긴 하는데
아무튼 대충 사는 사람

오랜만에 누군가를 만나면 왜 그렇게 열심히 살고 언제까지 그렇게 바쁠 거냐는 질문을 꼭 받는다. 시청자들도 나를 바쁘게 사는 열정적인 사람으로 보고 있다. 인터뷰를 할 때면 어떤 목표와 포부를 가지고 살아가냐는 질문을 받는다. 그런 건 딱히 없다고 대답하면 당황해하며 그럼 열심히 사는 이유가 무엇이냐고 물어본다. 내가 그런 사람으로 비친다는 게 신기하다. 나 스스로 내가 바쁘게 열심히 살아간다고 생각해본 적이 없기 때문이다.

나는 한 가지 일에 몰두하면 끝을 보는 성격이다. 동시에 여러 일을 처리하지 못하고 즉흥적이다. 재미를 추구하며 싫어하는 일은 절대 하지 않으려 한다. 이런 내 성격 때문에 나는 계속 무언가를 하고 있다.

아침에 눈을 떴을 때 가고 싶은 여행지가 있으면 바로 출발한다. 가는 길에 숙소를 예약하고 작은 계획들만 세워 여행을 즐긴다. 그 과정을 담아 영상을 만들어 올린다. 영상 업로드를 위해 여행을 가는 게 아니다. 대책 없이 그냥 출발하는 것이다. 이렇게 일상에서 갑자기 일어나는 일들이 아주 재미있다. 그걸 또 영상으로 제작해 두고두고 볼 수 있다는 것 또한 즐거운 일이다.

주변에서 재미있다고 권유하는 게 있으면 일단 해본다. 그렇게 시작하게 된 일이 바로 크리에이터다. 동료 크리에이터인 '달쏘'의 추천으로 시작한 틱톡은 상상 이상의 즐거움이었다. 하나에 빠지면 끝을 봐야 하는 성격 덕분에 지금까지 하고 있다. 즉흥적인 내 성격을 즐길 수 있고 재미 또한 있다는 점이 여전히 매력적이다. 나는 일주일에 다섯 개의 짧은 영상과 하나의 긴 영상을 만든다. 이루고자 하는 목표나 계획 때문이 아니라 역시 재미있기 때문이다.

이렇게 정신 팔려 계속 무언가를 하다 보니 결과물들이 생겼다. 매일 즐겁게 영상을 만들다가 꽤 큰 채널을 가진 크리에이터가 되어버렸고 본업을 뛰어넘는 부업이 되었다. 친구와 즉흥으로 떠난 여행과 그 기록물들이 채널 성장에 도움이 되고, 영상을 통해 나오는 수익이 다음 여행을 할 수 있도록 도와준다. 이외에도 대학생 때 참여한 수많은 공연들, 슬슬 50장이 넘어가는 그림들, 그리고 조금씩 쌓여가는 배우로서의 발자취도 모두 하고 싶은 일을 하다가 만들어낸 결과물이다.

그저 매 순간 하고 싶은 일을 하고 있었기에 내가 큰 목표를 가지고 열심히 살아가는 사람으로 비칠 거라고는 생각하지 못했다. 즉흥적으로 하고 싶은 것을 하는 게 대충 사는 걸로 보일 수 있기 때문이다. 때로는 이런 내 스타일이 대책 없이 오늘만 사는 아이처럼 느껴지곤 한다. 실제로 대책 없는 상황들이 펼쳐져 난감한 적도 있기는 하다. 이를 방지하기 위해 커다란 목표를 세워 하루하루 계획한

대로 지내봤지만 그건 오히려 나를 멈추게 만드는 방식이었다. 결과물이 따라온다는 게 천만다행이라는 생각과 함께 나는 지금처럼 오늘만 살기로 했다.

실은 지금도 밤낮으로 글을 쓰고 있다. 이 책을 다 쓰고 나면 또 재미있는 새로운 걸 찾아 밤낮으로 하고 있을 것 같다. 분명 다음 달에는 시간이 좀 여유로워진다고 하지 않았냐며 서운해하는 친구들도 벌써 보인다. 이전에는 이런 내 스타일이 마음에 들지 않아 바꿔보려 많은 시도도 해봤지만 이제는 결과물이 따라오는 걸 보며 안심이 되고 마음에도 든다. 오늘만 사는 내 모습이 조금은 멋있게 느껴지기도 한다. 그래서 나는 오늘도 어떤 재미있는 걸 할지 싱글벙글 찾아 나선다.

흰 캔버스에 칠한 마음의 문을 열고

나는 사실 굉장히 예민하고 감정적인 사람이다. 그래서 그런지 비교적 사소한 것에도 자극을 잘 받는다. 또 생각도 많고 망상도 좋아한다. 이런 내 성향 때문에 살면서 받은 자극들을 건강하게 해소해주지 않으면 쌓여 있던 것들이 부정적인 생각으로 흘러간다. 활발하게 몸을 움직이며 잘 해소해왔지만 가끔 건강 악화로 몸을 움직일 수 없는 상황이 찾아올 때마다 나는 쌓인 것들에 밀려 무너지기를 반복했다.

어릴 때부터 자연스럽게 합기도, 검도, 복싱, 요가, 무용, 체대 입시 등 몸을 활발하게 움직이는 것들을 해왔다. 예민해서 남들보다 보고 듣고 느끼는 게 많아도 답답하거나 우울하다는 느낌을 전혀 받지 못했고 매일 활기차게 보냈다. 그렇게 지내던 고등학교 2학년 어느 날, 혈소판감소증상과 관절염 증상이 심하게 나타나기 시작했다. 증상이 더 심해질 때면 뇌출혈을 비롯해 여러 응급 상황을 예방하기 위해 침대에서만 생활했다.

몸을 움직이며 무언가를 직접 하기보다는 가만히 휴대전화나 TV, 책을 들여다보는 시간이 많았다. 누군가 병문안을 오거나 집에 찾아올 수 있는 환경도 아니었기에 누군가와 대화할 기회도 적었다. 하염없이 자극을 받지만 해소하는 방법을 몰랐던 나는 점점 우울해지고 부정적으로 바뀌었다.

나는 난생처음 느껴보는 우울감에 어쩔 줄 몰랐다. 이유 없이 불안하거나 우울하고 무기력할 때마다 이게 무슨 느낌인지 감이 잡히지 않아 그저 눈물만 흘렸다. 가족들이 모두 외출하고 집에 혼자 있을 때마다 울상인 채로 주변을 둘러보곤 했는데 그 어떤 해결책도 찾지 못했다. 그 상태에서 벗어나기 위해 음식이나 친구들에게 집착해보기도 하고, 더 우울한 작품을 찾아보기도 했지만 내 상태는 점점 더 안 좋아질 뿐이었다.

내가 어떤 필요도 어떤 가치도 없는 사람이라고 느껴지는 게 나를 가장 힘들게 했다. 멍해진 채로 졸업사진과 받은 편지들을 뒤적이다가 초등학교 때 쓰다 남은 스케치북과 낡은 수채화 물감을 발견했다. 나는 별생각 없이 흰 도화지를 펴고 그림을 그렸다.

단단하게 굳어 있는 수채화 물감에 젖은 붓을 비벼 색을 내고 흰 도화지에 쓱 문질렀다. 아무것도 없는 흰 도화지에 색을 칠한 그 순간 묘한 쾌감이 일었다. 하얀 종이 위에 색을 칠했을 뿐인데 일종의 성취감이 느껴졌다. 색도 너무 예쁘게 보였다. 어떤 걸 그릴지 생각하는 것조차 벅찬 상태여서 그랬는지 생각 없이 칠하기만 했다. 도화지를 채우며 마음이 편해지는 걸 느꼈다. 형체를 알아볼 수 없는 그림이 완성되었고 나는 그 그림을 가만히 들여다보았다. 아무것도 할 수 없을 거라고 단정 짓고 무기력하게 있던 나에게 흰 도화지에 뭔가 만들어내는 과정은 큰 성취감을 안겨주었다. 어딘가에 나만의 세상을 펼칠 수 있다는 사실 자체만으로도 내가 가치 있는 존재가 된 것 같았다.

그대로 몇 시간 동안 수십 장을 그려냈다. 지쳐 더 이상 그릴 수 없을 때, 그림을 한참 들여다보다가 이 복잡하고 알 수 없는 그림이 나와 같다고 느껴졌다. 내가 지금 어떤 상태인지 도저히 감이 잡히지 않아 더욱 불안했는데 그림에 전부 표현되어 있었다. 빨간색, 검은색, 파란색이 가득한 그로테스크하고 기괴한 그림들이었다. 유일하게 형체를 알아볼 수 있게 그렸던 건 꽃이었는데 매우 시들시들한 한 송이를 그리거나 너무 화려한 한 송이를 그렸다.

유독 한 송이만 그려낸 이유는 세상에 나 혼자뿐이라는 생각에 나 이외에 채워 넣을 뭔가가 없어서 그랬던 것 같다. 시들시들한 한 송이는 지금 내 상태이고, 화려한 한 송이는 내가 원하는 내 모습을 표현한 듯했다. 이렇게 내 무의식이 종이 한 장 한 장에 담겼다. 그림을 다 그리고 나면 자연스럽게 내 생각과 감정이 정리되었다. 나의 일부를 그림에 담아내는 느낌이었다. 그 이후로도 너무 벅찰 때면 그림 속에 나를 담아내기 시작했다.

여전히 나는 그림을 그리고 있다. 미술을 공부한 적은 없지만 어쩌면 잘하고 있는 걸지도 모른다. 언젠가는 제대로 배워 본격적으로 그려보고 싶기도 하지만, 반면에 지금처럼 틀에 갇히지 않고 마음껏 그려내는 게 좋기도 하다. 이제는 건강 상태도 많이 회복되어 많은 자극에 노출된 감정을 활동적인 것들로 충분히 해소하고 있다. 제주도로 날아가 다이빙을 하거나 춤을 추거나 노래를 부른다. 그러다가 내가 어떤 상태인지 모르겠거나 너무 복잡한 상황에 처할 때면 흰 캔버스를 꺼내 생각 없이 색을 채우곤 한다.

다이빙에는 인생의 모양이 있다

제주 바다 수영을 시작하게 된 건 친구 크리에이터 '우아한 망고' 예림이 덕분이다. 제주도에 갔다가 새카매진 채로 돌아온 친구를 보고는 무슨 일이 있었냐며 물었던 기억이 난다. 맥반석이라고 놀려대는데도 싱글벙글하며 같이 가자고 말하는 친구의 모습에 제주 바다에 호기심이 생겼다. 그렇게 따라간 제주도에서 나는 조금 더 멋져졌다.

적당히 피부 톤이 어두워졌고 군살이 빠지면서 잔근육이 붙었다. 친구들과 사우나에 갈 때면 왜 옷을 안 벗고 들어오냐고 농담을 주고받을 정도로 수영복 자국이 선명하게 남았다. 늘 허연 종이 인형 같았는데 꽤 건강해진 모습을 보고 가족들도 좋아했다. 이런 변화는 제주도에 있는 3박 4일 동안 식사도 거르며 바다에만 있었기 때문이다. 선크림 바르는 것도 까먹은 채 말이다.

많은 사람들을 마주하는 직업이기에 평소 피부 톤을 꽤 중요하게 여겼는데 그걸 내던질 정도로 다이빙에 푹 빠진 이유가 있다. 다이빙을 시도하는 순간에서부터 다시 포구로 올라오는 그 과정 전부가 거를 타선이 없기 때문이다. 다이빙을 하려면 용기를 내야 하는 순간이 있는데 그 반복이 끊임없이 도전정신을 불러일으킨다. 자세를 잡고 뛰어들어 물속에 들어가기까지 그 용기를 유지해야 한다. 뛰어들어 손부터 발끝까지 청량한 바닷물이 지나가면 복잡했던 지난 기억들이 모두 씻겨나간다.

그 쾌감을 느낀 채로 물속에 들어가면 온몸으로 바다의 에너지가 느껴진다. 물이 맑을 때면 물속에서 눈을 뜨곤 하는데, 가끔 보이는 물고기 친구들과 해초까지 눈앞에 펼쳐지는 모든 게 장관이다. 그중에서 제일 행복한 것은 내가 하고 싶은 대로 자유롭게 움직이는 것이다. 올해 영향력에 대한 경각심을 느끼게 된 계기가 있어서 모든 언행을 주의하고 행동하기 전 많이 생각하려 노력하고 있었다. 그게 당연하다고 생각하면서도 늘 약간의 답답함이 있었는데 바다에 몸을 내던질 때마다 답답함이 해소되는 듯했다.

다이빙 자체만으로도 좋지만 옹기종기 모여 있는 사람들끼리 주고받는 에너지는 더 좋다. 보통 포구 근처에서 다이빙을 하는데 온 힘을 다해 노는 관광객들이 있는가 하면, 여유롭게 천천히 노는 구릿빛 피부의 사람들도 있다. 딱 봐도 도민이거나 이곳의 터줏대감이라는 걸 알 수 있다. 여유로운 몸짓과 뭔가 달라 보이는 수영복을 입은 이들은 다이빙 고수들이다.

제주도에 내려갈 때마다 온종일 다이빙을 하다 보니 그들과 많이 가까워졌다. 서로 나이대가 많이 달랐지만 그런 것과 상관없이 어린아이처럼 어울리곤 한다. 내 다이빙 폼이 더 좋네, 뛸 때 다리가 접혔네 하면서 서로 더 잘 뛰려고 하는 모습이 재미있다. 서로 인생샷을 찍어주겠다며 다양한 각도로 카메라를 들이대거나 포즈를 취하는 모습도 참 귀엽다. 쉬면서 나누는 대화도 진국이다. 아름다운 풍경을 바라보다 보면 자연스레 어떤 인생을 지나왔는지 이야기하게 된다.

아빠보다 나이가 더 많은 분의 인생 이야기도 듣고, 또래이지만 제주도에서 제2의 인생을 시작한 분의 이야기도 들었다. 그들의 인생사를 듣다 보면 내 인생을 되짚어보게 된다. 청춘을 불태우며 낭만을 즐기는 사람들의 이야기를 들으면서 저게 내 미래의 모습이었으면 좋겠다는 생각을 하기도 하고, 또래 친구가 육지에서의 삶을 정리하고 제주도에 내려와 사는 이야기를 들으면서 많이 배우기도 한다. 세상의 틀에 갇혀 있지 않은 그들의 일과와 삶의 패턴이 부럽기도 하면서, 또 그런 자유로움을 누릴 수 있도록 탄탄하게 자리 잡은 그들의 단단함이 존경스럽기도 하다.

역시 삶의 모양에는 정해진 틀이라는 건 없는 듯하다. 내가 어떻게 일궈나가느냐에 따라 모양도 달라진다. 고수들은 인생 이야기 외에도 우리를 제주도만의 숨겨진 장소로 데리고 가 제주도를 더 깊이 느끼게 해준다. 가을이 되면 제주의 산을 등반하기로 약속했다.

그저 수영을 하러 갔던 제주도에서 생각지도 못한 많은 것들을 보고 느꼈다. 평생 함께할 취미를 얻었고, 다양한 이야기도 들었다. 제주도라는 공간과 다이빙이라는 취미, 그리고 그곳에서 만난 새로운 지인들이 나의 큰 원동력이 되었다. 그들처럼 낭만과 자유를 만끽하지만 이를 책임질 수 있을 만큼 준비된 어른이 되고 싶다. 지금의 나처럼 더 즐기고 더 느끼고 싶어 하는 사람들을 이끌어줄 수 있을 만큼 멋진 사람이 될 수 있을까?

열심히 살다가 힘들 때면 온전히 쉴 수 있는 공간을 찾는다. 나는 앞으로도 계속 제주도에 내려갈 것 같다. 높은 콘크리트 포구 위에서 바다로 몸을 내던지며 새롭게 찾아올 다이빙 뉴비에게 원동력이 되어줄 것이다.

월클병을 깨부수는 15년지기 동네놈들

나는 무슨 일이 있으면 주변 사람들에게 달려간다. 모든 걸 다 함께하진 못하지만 여전히 좋은 일이건 안 좋은 일이건 나누려 노력한다. 과거의 나는 기쁨을 나누면 두 배, 슬픔도 나누면 두 배라고 생각하며 힘든 부분은 꽁꽁 숨겼다. 누군가에게 기대지 못하는 성격은 나를 더 힘들게 만들었고, 이런 내 성격을 아는 동네 친구들은 다른 방식으로 내게 위로를 건넸다.

방어기제고 뭐고 내가 자처해서 말할 때까지 친구들은 내 주변을 맴돌며 챙겨주었다. 사회에서는 비슷한 색깔 혹은 원하는 색깔의 사람을 골라 사귀는 경향이 있다고 하지만 그럴 틈 없이 지내온 동네 죽마고우들은 각자의 색이 너무나 다르고 뚜렷하다. 어릴 때는 색이 달라 많이 티격태격했지만 지금은 서로 다른 색 덕에 오히려 도움을 얻기도 한다.

다른 지역에서 자취를 시작하고 크리에이터 일도 시작하면서 동네에 갈 수 있는 날이 적어졌다. 동네 친구들을 만날 수 있는 날은 1년에 두세 번이 전부였기 때문에 내 근황과 현 상태를 친구들과 공유할 수 없었다. 가끔 안부를 묻곤 했지만 서로가 어떻게 지내는지 자세히 알기는 어려웠다. 한창 크리에이터로 자리를 잡아가던 어느 날, 우리는 오랜만에 모였다.

그 즈음 나는 갑자기 바뀐 내 인지도로 사생활의 경계가 무너지고 조금은 아슬아슬한 상태로 지내고 있을 때였다. 친구를 만나면 지치지도 않고 시작부터 끝까지 장난을 치던 내가, 사람들 눈치를 보며 고개도 못 드는 걸 가만히 지켜보던 친구들이 장난스레 '월클병'에 걸렸냐고 물었다.

내심 내가 분위기를 망치는 건 아닐지 걱정하고 있었기에, 그 장난스러운 한마디가 나의 걱정을 덜어주기 위한 말이라는 걸 알 수 있었다. 나는 요즘 인기가 하늘을 찔러 고개 들고 다니기가 어렵다고 부러 너스레를 떨었다. 친구들은 그런 나에게 아주 거만해졌다며 채널을 본인에게 넘기라고 했다.

내 상태를 알아봐주고 어떤 걱정이 있는지 공감하고 배려해주는 친구들이 고마웠다. 덕분에 내 힘든 상황을 조금은 유쾌하고 담백하게 전달할 수 있었다. 어색해서 장난을 섞어가며 힘든 내 이야기를 건넸는데도 진지한 듯 장난인 듯 잘 맞춰주었다.

자리가 끝나고 유난히 섬세한 한 친구는 나에게 진심 어린 걱정과 조언이 담긴 장문의 문자를 남겨 나를 눈물 짓게 했다. 다른 두 친구는 강하게 키운다며 일주일에 서너 번 전화를 걸었고, 그때그때 근황 보고 미션을 주었다.

덕분에 나는 적적한 순간들을 잘 보낼 수 있었다. 다른 두 친구는 진지하게 월클병으로 정신과에 내원해보는 건 어떻겠냐며 현실적인 해결 방안을 함께 생각해주었다. 그리고 마지막 한 친구는 정신을 바짝 차릴 만한 조언을 해주었다. 학창 시절에는 서로 많이 달라 피똥 싸게 싸우곤 했지만 서로를 많이 알게 된 이후로는 서로의 다름을 인정하고 각자의 방식대로 도움을 주고 있다.

어릴 적 교복을 입은 채로 비를 맞으며 함께 뛰어다니던 그 순간을 잊을 수가 없다. 그렇게 함께 지내온 친구들이 여전히 곁에 있다는 사실이 감사할 따름이다. 어른이 되어서도 얼마든지 깊은 우정을 나눌 친구를 만날 수 있다고 생각하면서도, 어릴 적 친구들을 대신할 수는 없다는 어른들의 말이 이해가 된다.

실은 친구로 지내온 시간과 상관없이 그저 나에 대해 알고 있는 사람이 있다는 것만으로도 세상은 살아갈 만하다. 나와 같거나 다른 동네놈들을 통해 배운 건 힘든 일도 기쁨도 나눌 줄 아는 사람이 되어야 한다는 점이다. 그것은 상대방에게 민폐를 끼치는 게 아니라 오히려 상대방을 온전히 믿는다는 하나의 표시이기도 하다. 이를 너무 늦게 알아버린 것 같아 가끔 후회스럽기도 하지만, 이제라도 알았으니 최선을 다해 나를 나누려고 한다.

방랑자들과 함께하는 맛깔나는 삶

학창 시절에는 친구들이 나의 전부였다. 질풍노도의 시기를 포함해 나의 어린 시절에는 모두 여섯 명의 친구가 함께했다. 친구들과의 추억을 쌓는 동안 빨리 학원에 가라는 엄마의 재촉 전화 따위는 반드시 물리쳐야 할 '중간 보스'라고 여길 만큼 우정에 매료되었다. 어른이 되기도 전에 어른들의 말에 전적으로 동의했다. "그래, 좋을 때다. 사회에 나가면 이런 친구들 못 만난다!" 이런 이야기들은 안 그래도 우정과 의리에 목말라 있던 나에게 자연스럽게 '내 인생의 진정한 친구는 희로애락이 가득한 학창 시절을 함께 보낸 여섯 명의 친구뿐'이라고 생각하게 만들었다.

'친구'란 굉장히 거창하고 큰 의미를 담고 있는 대단한 것, 무언가 빛이 나고 특별한 것이라고 생각했다. 그래서 나는 사회에 나와 만나는 사람들에게 나도 모르게 약간의 벽을 두었고, 입시 학원이나 대학교에서 친구를 사귀더라도 학창 시절만큼 열정을 다해 관계를 일궈 나가지 않았다. 이제 와 생각해보면 이런 내 방어적인 태도가 동네 친구들과의 의리를 지키는 방법이라고 생각했던 것 같다.

대학교에 들어와 홀로 타지 생활을 시작한 나는 적잖이 심심했을 텐데도 친구를 만들기보다 방구석에서 혼자 시간을 보냈다. 새내기 때부터 학점과 아르바이트, 자기계발에 집중했다. 이후로는 코로나19로 인해 방구석 크리에이터 생활을 시작하게 되었고, 그 상태로 졸업반이 되어서는 모두와 친해져 적당히 '인싸'스럽지만 적당히 도태되어 있었다.

하지만 나는 내 모습이 마음에 들었다. 일에 집중하며 외로움도 모른 채 매일 바쁘게 지내는 내 모습이 너무나 만족스러웠다. 함께 시간을 보낼 친구들이 없었던 것도 아니었다. 따로 시간을 내 서로 힘들고 기쁘고 고민스러운 것들을 공유하는 몹시 가까운 친구가 없을 뿐이었다.

그렇게 졸업 직후 오래간만에 동네 친구들과 취중 진담을 나누었다. 서로 비슷한 이야기를 나누며 비슷한 대답을 이어갔지만 내 생각은 조금 달랐다. '요즘 네 곁에는 누가 있고, 특히 누구와 일부를 공유하며 살아가냐?'는 질문을 받았을 때 나는 '다른 누군가'가 아니라 '나'라고 대답하고 싶었지만 내색하지 않고 친구들의 이야기에 귀를 기울였다. 유심히 들여다보니 친구들은 나와 조금 달랐다.

친구들은 사회에 나가서도 '학창 시절에 만난 친구'만큼의 새로운 우정을 만들었고, 직장 친구의 경우에는 끈끈한 전우애마저 느끼는 관계를 만들어가고 있었다. 친구들의 그런 모습에 나는 내가 마음의 벽을 두고 사람들을 대하고 있었다는 걸 깨달았다. 누구보다 친밀하게 상대방을 대하지만 그 이상 깊어지지 않도록 막고 있던 나만의 벽을 발견한 것이다. 내심 질투나 서운함도 있었지만 친구들이 멋있는 어른처럼 보였다.

친구들은 사회에 나와 새롭게 친구를 사귀려면 학창 시절에서 벗어나야 한다고 이야기해주었다. 어린 나이에 매일 붙어사는 학교라는 환경 속에서 친구를 사귀는 것과 열심히 굴러가며 자기 걸 챙겨야 하는 사회 속에서 친구를 사귀는 건 방법이나 들어가는 힘 자체가 다르다고 했다. 내가 사회에서 마음의 벽을 세운 채 나도 모르게 동네 친구들에게 집착했던 이유를 알게 되었다. 그건 바로 새로운 관계를 만들어내는 것에 대한 '어색함' 때문이었다. 자연스레 친해질 수밖에 없었던 학창 시절과 사회 환경은 다르다는 걸 너무나 잘 알았기에 부자연스럽게 '어색함'을 뒤로 한 채 가까워지는 걸 회피했던 것이다.

사회에서 만난 주변의 친구들에게 너무나 미안했다. 나도 모르게 밀당을 하고 있던 것도 부끄럽고 친구들의 진심을 모른 체한 것 같아 후회스러웠다. 하지만 나 스스로 바꿀 용기도 별로 없고 그럴 힘도 없었다. 이런 나의 문제를 깊게 고민하지도 않았을뿐더러 바뀔 노력도 하지 않았고 크게 신경 쓰지도 않았다. 온통 신경이 크리에이터 일에 집중되어 있었기 때문이다. 뭔가 뒤틀린 느낌이었다. 살짝

대칭이 맞지 않아 조금 불편하지만 그럭저럭 참을 만한 느낌이었던 것 같다.

그러던 어느 날 "선배! 우리 등산 가려는데 같이 갈래?" 하고 꽤 친한 동갑내기 학교 후배 두 명이 내게 물어왔다. 잦은 스트레스와 묵직한 고민들로 멍해 있는 내 모습을 보고 같이 등산을 가자고 제안한 것이다. 머리가 복잡해 별생각 없이 따라간 등산에서 나는 저항 없이 당했다. 등산 고수들이 즐겨 착용하는 아이템을 장착하고 '한사랑 산악회' 코스프레를 하느라 카메라까지 함께 챙겨갔다.

이런 즐거운 등산을 영상으로 남기고자 카메라를 들었는데 방구석에서 영상만 만들던 저질 체력이 가파른 산을 오르려니 카메라는 짐스럽기만 하고, 고민이고 뭐고 혼자라도 당장 내려가고 싶었다. 카메라를 목에 걸고 힘겹게 오르며 당장 내려가겠다고 소리소리 지르는 모습을 보며 친구들은 "굉장히 나약하군, 빵먹다살찐떡", "선배, 내려갈 생각도 마", "저질 체력이군", "견뎌", "고작 이 정도야?"라며 아주 훈훈한 격려를 해주었다.

그렇게 땀범벅인 채로 등산을 마치고 내려와 녹두전과 막걸리를 먹었는데 참지 못할 성취함과 개운함이 밀려왔다. 그제야 왜 이 친구들이 나를 데리고 산에 왔는지, 아닌 척하지만 나의 숨통을 틔워주려 했다는 걸 깨닫고 진한 고마움에 눈물을 흘릴 뻔했다.

등산 이후로 상태가 좋아진 걸 눈치챘는지(최대의 실수), 그 이후로도 이 친구들은 내가 힘들어 보일 때면 멀리서 조용히 바라보다(암살 준비 중) 다정하게 몸 고생을 시켜주었다(암살 완료). 한겨울에 제주도 가서 한라산 등반하기, 대중교통 이용 불가인 백패킹하기, 기차여행이지만 그 이외엔 모두 걸어서 이동하기, 제주도 걸어서 이동하며 수영만 하며 놀기 등등.

친구들 덕에 자연과 가까워지는 경험을 하면서 나는 정서적으로 안정되어 갔고 건강한 생활을 유지할 수 있게 되었다. 그리고 그들 곁에서 나도 도움이 되는 친구가 되려 노력했다. 바로 이 모임이 '방랑자들'인데, 방랑하며 연기를 하는 사람들이라는 의미의 '연기 스터디'다. 그런데 여행만 다니고 있다는 즐거운 사실.

어느 여행 날, 하루 종일 백패킹을 하고 캠핑장에서 맥주 한 캔에 알딸딸해져 일에 대해 열정적으로 이야기를 하고 있는데 갑자기 눈물이 나오고 말았다. "드디어 힘든 걸 말하네." 친구의 묵직한 이 한마디는 지금도 생각하면 눈물이 날 것 같다. 옆에서 묵묵히 함께하며 무너지지 않게 지탱해주고 마음이 열릴 때까지 기다려주었다는 친구의 마음 씀씀이에 한없는 고마움이 몰려왔다.

눈물을 펑펑 쏟고 난 뒤 텐트에 누워 이제는 친구를 사귀고 가까워지고 정서적으로 교류하고 표현하는 것들이 조금 어색하더라도 피하지 않고 그런 미숙한 내 모습을 인정하며 시도해야겠다는 생각이 들었다. 그런데 이 친구들이랑은 하다못해 작은 취향에서부터 말하는 스타일까지 비슷해서 평생 볼까 봐 걱정이다.

친구란 거창한 무엇이 아니다. 그저 같이 있는 것, 다양한 것을 나누는 것, 서로에게 살아갈 힘을 불어넣어주는 것, 때로는 배우고 때로는 알려주는 것이다. 사회에 나와서도 학창 시절처럼 끈끈한 친구가 얼마든지 생길 수 있다. 예상치 못한 부분에서 미숙한 구석이 있을 수도 있다. 그런 부분을 찾아내 조금씩 채우며 살아가는 것, 그게 진짜 맛있게 사는 것 같다.

"너무 맛있다! 감사하다! 방랑자들아!"

빵쟁이 없이는
나 빵떡도 없다

'빵쟁이'라는 귀여운 단어는 내 채널의 시청자들을 부르는 애칭이다. 팬에 대한 특별한 기준은 없지만 내가 하는 것들을 함께 즐기는 사람들을 그렇게 부르고 있다. 몇몇 빵쟁이들은 나를 '손을 내밀어준 고마운 사람'이라고 말하지만, 오히려 손을 내밀어준 건 그들이다.

처음 크리에이터로 영상을 시작했을 때, 그저 내 유쾌함으로 시청자들에게 재미를 주고 싶다는 마음이 전부였다. 나에게 있었던 일들을 상황극으로 만들어 올렸고 댓글에 반응하며 재미를 위한 소통을 했다. 재미를 주고 싶다는 생각만 있었을 뿐 시청자와 나 사이에 특별한 의미는 없다고 생각했고 지금과 같은 책임감도 없었다.

대학생활과 크리에이터 일과 아르바이트를 병행하던 때의 이야기다. 대학생으로 그리고 아르바이트생으로 열심히 하루를 보내고 집에 돌아오면 크리에이터가 되어 자기 전에 영상을 만들어 올렸다. 그날 있었던 재미있는 일을 재현하며 상황극을 만들거나 우스꽝스러운 영상을 만들어 올렸다. 댓글에 하나하나 답글을 달았는데 더 이상의 댓글이 달리지 않는 때가 찾아오면 그제야 휴대전화를 내려놓았다.

평소와 같이 댓글에 답을 달다가 더 이상 답을 달 댓글이 없자 갑자기 멍해졌다. 무기력함에 옷도 갈아입지 않은 채 몇 시간을 앉아 있었다. 아마도 몇 달간 반복된 빡빡한 일정에 지치기도 했고, 수많은 자극들을 해소하지 못해 그런 것 같기도 했다. 긴 공허함과 우울감도 함께 찾아왔다. 무의식적으로 거기에서 벗어나기 위해 휴대전화를 열어 빵쟁이들이 보낸 개인 메시지를 읽었다.

여전히 재미나고 예쁜 이야기가 담긴 메시지를 읽으면서 기분이 조금씩 나아졌지만 다시 휴대전화 속으로 빠져들었다. 그때 하나의 메시지가 눈에 들어왔다. 다른 친구들처럼 본인의 일상에 관한 이야기였다. "언니는 오늘 기분이 어때? 언니 과제 밀려서 밤새 했던 것처럼 나도 학습지가 밀렸는데 다했어! 그래서 게임도 하고 오늘 기분이 너무 좋았거든. 언니가 내 기분을 항상 좋게 해주니까 언니도 기분이 좋았으면 좋겠어"라는 내용이었다.

분명 다른 메시지들과 비슷한 내용이었는데 나는 다음 메시지로 넘어가지 못한 채 한동안 생각을 정리해야 했다. 아마 휴대전화 속에서가 아닌 일상의 나에게 손을 내밀어주었기 때문이 아닐까 싶다. 많은 것들을 챙기느라 내 일상은 미처 챙기지 못했다는 생각이 들었다. 휴대전화 속이 아닌 일상의 나는 어떤 기분이고 어떻게 살아가는지 자각하지 않으며 살고 있었다. 내가 시청자들을 챙겨야 한다고 생각했는데 오히려 그들이 나를 챙겨주고 있었다.

영상을 만드는 일은 내가 생각했던 단순한 재미가 아

닌 그 이상의 의미가 있다. 영상 속에서 내가 유쾌하게 살아가는 모습이 누군가의 우울함을 씻어줄 수도 있고, 하고자 하는 것들을 열심히 해내는 모습이 누군가에게는 꿈을 찾는 계기가 되어줄 수도 있다. 내 일상에서 일어나는 에피소드가 누군가의 지루한 일상에 소소한 웃음을 줄 수도 있다. 시청자들과 나의 유대가 서로의 일상을 따뜻하게 챙겨주고 있었다.

소중한 관계를 위해 내가 할 수 있는 게 무엇일지 생각했다. 그러다 보니 일상을 응원하는 일 말고도 서로의 꿈을 응원하게 되었다. 배우를 지망하며 열심히 학교생활을 하는 모습을 지켜봐온 빵쟁이들은 제작 현장의 감독이 되어 오디션 기회를 주기도 했다. 그런 기회들이 모여 실제로 데뷔도 했고 지금도 많은 작업을 하고 있다. 이런 내 모습을 보고 잊고 있던 꿈을 다시 꺼내거나 의심해온 본인의 꿈을 다시 찾는 빵쟁이들도 생겨나기 시작했다.

이렇게 서로를 응원하는 시간이 있었기에 내가 시청자들을 친근하게 대할 수 있는 것 같다. 그래서 그런지 마치

오랜 친구 같다. 종종 오그라들게 굴지 말라며 틱틱거리지만 그 누구보다 진심으로 응원하는 관계라고 느낀다. 덕분에 말할 수 없는 일들로 무너지려 할 때마다, 또 새로운 도전 앞에 겁이 날 때마다 어디서든 든든하게 지켜봐줄 빵쟁이들을 생각하며 용기를 낸다. 아픈 몸을 탓하고만 있던 나에게 더할 수 있지 않느냐고 손을 내밀어준 시청자들과 오래오래 좋은 친구로 살아가고 싶다.

4부

가족 이야기

모든 길은 우리 집으로 통한다

학창 시절엔 아니었는데
지금은 왜 이리 가고 싶은 집

어렸을 때는 집에 일찍 들어가지 않으려고 어떻게든 밖에서 오랜 시간 돌아다녔다. 어딘가에 황금 송아지를 숨겨둔 거냐고, 그러지 않고서야 이렇게 밖으로 나돌아다닐 리가 없다는 엄마의 꾸중을 모르는 체하며 집에서 해도 되는 공부를 굳이 독서실에서 했다. 밖에서의 내 모습이 마음에 들었고 친구들과 오랫동안 함께 있고 싶었다. 집에 있으면 공부만 해야 할 것 같았고, 공부를 하지 않을 때는 괜히 잘못하고 있는 것 같아 밖으로 나돌아다녔다. 연기과 입시 학원도 왕복 세 시간이나 걸리는 서울로 다녔으니 학창 시절에는 집에 머무는 시간이 거의 없었다고 봐야 한다. 정말 싱글벙글한 얼굴로 열심히 나돌아다녔다.

대학교에 들어가고 나서부터 갑자기 집에 빨리 들어가고 싶어졌다. 물론 학교와 집이 멀어 막차 시간에 영향을 받은 것도 있지만, 대학생활을 한 3년 동안 회식 자리에 끝까지 남아 있는 경우는 전혀 없었다. MBTI가 I 반, E 반이어서 그런 걸까? 언제부터 나에게 이런 강한 귀소본능이 생긴 걸까?

대학교에 들어가고 나서 나는 하나의 역할을 더 얻었다. 신입생이라는 타이틀에 매우 걸맞은 활동적인 성격 탓에 많은 일들을 조금씩 맡기 시작했고 나 스스로 자처하기도 했다. 물론 어떤 직책을 맡은 건 아니었지만 분위기를 띄운다거나 계속 새로운 이벤트를 만들었고, 동기들 간에 갈등이나 문제가 생기면 달려가 들어주고 도움을 주려 했다. 중고등학교 시절과는 비교되지 않는 커다란 단체생활에 큰 매력을 느껴 그만큼 에너지를 쏟아부었다. 선배가 되고 나서는 자처하지 않아도 많은 역할들이 따라붙었다. 공연팀 내에서 배우 장을 맡는다거나 한 부서의 장을 맡았다. 역할에 맡게 학교 친구들의 관계에 문제는 없는지 끊임없이 파악하고 그 속에서 열심히 움직였다.

주어진 역할에 최선을 다하고 지내다가 크리에이터 일을 시작하게 되었다. 이 일을 시작하고 나서는 훨씬 더 많은 역할이 생겼고 그에 따라 신경 쓸 부분들도 늘어났다. 사회에 나와서는 누군가의 고용주가 되었고, 시간이 더 지나면 가장이 될 수도 있을 것이다. 점점 많아지는 역할들로 나는 나를 챙기기 위해 집으로 향하는 것 같다.

혼자 있는 공간에서는 그 어떤 역할을 맡지 않아도 되니 온전히 쉴 수 있다. 나만의 공간에서 나에게 온전한 쉼을 주고 다시 힘을 얻어 생활한다. 집이 너무 편하다는 것을 느낀 이후부터 그날의 에너지를 다 쓰고 나면 얼른 집에 가고 싶다고 앵무새처럼 중얼거린다.

그래서 사람들이 나만의 공간이 중요하다고 이야기하는 것 같다. 벌거벗고 대자로 뻗어 있어도 아무 거리낌 없이 편히 있을 수 있고, 내가 좋아하는 것들을 눈치 보지 않고 온전히 즐길 수 있는 그런 공간 말이다. 나에게는 집이 아니더라도 코인노래방이나 여행지 혹은 호텔처럼 내게 온전한 쉼을 주는 공간이나 순간이 생겼다. 밖에서 많은 에너지를 쏟는 만큼 나만의 공간에서 누리는 혼자만의 시간이 꼭 필요하다. 그런 공간과 순간을 계속 찾아나가고 있다.

집은 단순히 먹고 자며 나의 짐을 보관해두는 공간이 아니라 아무렇게나 누워 있어도 마음 편히 있을 수 있는 공간이 아닐까 싶다. 집에 대해 다시 생각해보고 나니 26년 동안 함께 지내고 있는 우리 부모님이 서로 얼마나 각별한 관계일지 상상이 안 된다. 혼자 있는 집 거실에서 글을 쓰고 있는 중에도 집에 가고 싶다. 뭔가를 할 필요가 없는 공간 또한 나는 집이라고 말하는 것 같다. 좀 쉬고 싶다는 말을 집에 가고 싶다고 표현하곤 한다. 아휴, 이제 집에 가야겠다.

성숙한 사람이 되고 싶다는 조바심

세상에서 제일 고맙고 미안한 사람이 누구냐고 묻는다면 1초의 망설임도 없이 나는 바로 "엄마!"라고 대답할 것이다. 이 책에 쓴 내 건강과 관련한 에피소드는 극히 일부에 불과하다. 차마 공개할 수 없는 많은 일들이 있었고 그럴 때마다 내 곁에는 항상 엄마가 묵묵히 자리하고 있었다. 나는 건강이 악화되면서 처음에는 많이 약해졌고, 시간이 지날수록 꼬여가는 생각들 때문에 약하다 못해 점차 못된 사람이 되어갔다.

건강이 안 좋아지고 인정받을 구석 하나 없는 초라한

모습은 사람을 이기적으로 만든다. 보이고 느끼는 건 많지만 뭔가를 해볼 수 없으니 말이 많아지고, 이런 내 의견들이 받아들여지지 않으면 짜증을 내고 토라지거나 부정적인 말을 내뱉었다. 밖에서는 못된 모습을 보일 깜냥이 되지 않아 가족인 엄마에게 모든 분풀이를 했다. 피해의식에 사로잡혀 내 건강을 염려하는 엄마에게 나를 아픈 사람 취급한다며 점점 함부로 대하기 시작했다.

일반적인 생활을 할 수 없는 내 모습으로 인해 생긴 자격지심과 억울함을 엄마에게 호소했다. 그런 내 모습을 지켜보며 엄마는 많이 지치고 속상했을 것이다. 밖에서는 아닌 척 노력했지만 가족이나 가까운 사람들에게는 여과 없이 감정적으로 대하는 내 모습을 전혀 인지하지 못하며 지냈다. 시간이 흘러 나의 삶을 받아들이고 안정적으로 바뀐 뒤에야 엄마가 지나가듯 하는 말을 통해 나는 지난날의 내 모습을 깨달았다.

가끔 엄마와 나는 집 밖에서 일어나는 에피소드를 서로에게 털어놓고 공감하며 위로했다. 아침에 근처 카페에 잠깐 들러 수다를 나누면서 엄마는 내가 예민하고 감정적인 사람이니 어떤 일을 할 때는 잘 조절해야 한다고 이야기했다. 지나가는 말처럼 한 이야기지만 내 감정을 잘 조절한다고 생각했던 나는 조금 놀랐다.

밖에서는 기분이 태도가 되지 않도록 애쓰며 맡은 일을 척척 해내고 집에 돌아오지만 막상 집에서는 그런 내 모습 뒤에 쌓여 있던 감정들을 마구 풀어헤치기를 반복했다. 흔히 친한 친구들끼리 서운할 때 "내가 네 감정 쓰레기통이니?"라고 하는 말을 엄마가 내게 하지 않아 참 다행이라고 생각했다.

요즘 유행하는 MBTI 성향을 따졌을 때 엄마는 사고형인 T 유형과 매우 가깝고, 나는 그 정반대인 감정으로 움직이는 F 유형 그 자체다. 나의 부정적인 태도와 행동에 큰 영향을 받았을 엄마를 생각하면 지난날의 내가 한심스러웠다. 동시에 노력하고는 있지만 사실 밖에서도 그렇게까지 내 감정을 바르게 표현하는 사람은 아니었기에 내 영향을 받았을 주변 지인들을 생각하니 아찔했다.

혼자 집에서 영상을 찍는 날도 있지만, 배우라는 꿈과 크리에이터라는 직업을 생각해보면 대개가 많은 사람들과 함께하는 작업이다. 촬영장에서 웹드라마를 찍는 경우만 해도 모든 사람들이 하나의 작품을 만들기 위해 서로 유기적으로 제 역할을 해낸다. 지금은 신인이고 낯선 공간에서 긴장도 많이 해 내 감정보다는 일에 집중하지만, 어느 정도 시간이 지나 경력이 쌓이면 뜻대로 되지 않는 순간에 감정적이던 옛날의 습관이 나올까 봐 걱정스럽기도 하다.

학교 공연 실습 제작 과정 때만 해도 최고 기수 선배가 되었을 때, 뭔가 제대로 진행되지 않으면 감정적으로 호소하며 내 뜻대로 끌어가려던 내 모습이 생각났다. 일을 제대로 하기 위해 카리스마를 내뿜는 리더십으로 보일 수 있지만, 함께 일하는 입장에서 보면 웃으며 재미있게 할 수 있는 일을 잔뜩 긴장된 상태로 불편하게 만드는 것처럼 보일 수도 있었을 것이다.

엄마의 한마디로 나를 되돌아보고 다른 사람들은 어떻

게 하는지 궁금해졌다. 자연스럽게 주변 사람들은 어떻게 지내는지 관찰했다. 대학교 선후배들과 동기들을 관찰해 보니 뭔가를 할 때 아예 감정을 배제하고 효율적으로 일하는 사람이 있는가 하면, 아예 감정적으로 일하는 사람도 있었다.

감정을 배제하고 일하면 속도는 빠르지만 지나치게 의무적으로 일하는 것처럼 보였고, 감정적으로 일하는 사람은 나이에 비해 성숙하지 못하고 감정이 앞서 일을 제대로 진행하지 못했다. 스스로의 감정을 균형 있게 조절하며 사는 사람들도 있었다. 같이 학교를 다녔고 내게 다이빙을 알려준 서예림이라는 후배가 바로 그랬다.

이 친구는 일을 효율적으로 진행하면서도 그 안에서 싱글벙글 즐기고 있었다. 쓴소리일지라도 해야 할 말을 차분히 하며 사람들을 설득하고 뭔가를 만들어냈다. 일이 잘 진행되지 않더라도 감정에 욱해 배가 산으로 가도록 하는 게 아니라 재치 있고 기분 좋은 말, 에너지 넘치는 모습으로 오히려 팀원들을 즐겁고 힘차게 헤쳐나갈 수 있게 도왔다. 예림이의 태도와 생각이 너무나 멋있어 보였고 나도 그렇게 되리라 다짐했다. 노력하긴 했지만 가까운 후배 친구들과 있을 때 혼잣말인 양 분풀이하듯 한두 마디 던진 걸 생각하면 많이 부족했던 것 같다.

엄마와 이야기를 나눈 뒤 내 감정에만 충실하지 않고 주변을 둘러보기 시작한 지 4년이 넘어가는데도 여전히 나는 예민하고 감정적이다. 내 감정에만 매몰되지 않는다는 건 평생에 걸쳐 노력해야 하는 숙제인 것 같다. 지난날, 가족들과 주변 친구들에게 부정적인 에너지를 주었던 나를 생각하면 너무 철없게 느껴져 어서 성숙한 사람이 되고 싶다는 조바심이 든다. 그래도 조금이나마 나아진 점이 있다면 긍정적인 에너지를 준다는 사실과 내 감정을 남에게 토로하기보다 스스로 해결하는 법을 배우고 있다는 것이다. 나에게도 주변 사람들에게도 좋은 사람이 되기 위해 나는 오늘도 노력한다.

내 롤 모델은 엄마,
이상형은 아빠

나는 종종 부모님을 참 잘 만났다는 생각을 한다. 엄마와 아빠는 서로 다른 성격을 가지고 있는데 그 극명하게 다른 성격을 모두 닮아버린 나는 필요할 때마다 두 분의 장점을 쏙쏙 뽑아 쓰고 있다. 부모님의 품에서 나름의 사회생활을 해보니 다시 집으로 돌아가고 싶다는 생각도 꽤 많이 한다. 때로는 잔소리에 지쳐 독립하기를 잘했다는 생각이 들 때도 있지만 집만큼 따듯하고 안정감을 주는 곳은 어디에도 없었다.

엄마는 어렸을 때부터 규칙을 잘 정해주셨다. 어릴 때

는 그 규칙을 잘 따랐지만 머리가 크면서 조금씩 벗어나기 시작했다. 이리저리 나풀대며 돌아다닐 때마다 아빠는 그래도 괜찮다고 격려해주곤 했는데, 적정선을 벗어나지 않도록 엄마가 다시 잡아주곤 했다. 청소년기에 엄마는 우리의 자유를 빼앗는 존재였고, 아빠는 자유를 되찾아주는 존재였다.

적어도 학생으로서의 본분을 다했으면 하는 엄마의 마음과 달리 하염없이 즐겁게 컸으면 하는 아빠의 마음이 자주 부딪혔다. 한숨을 푹푹 내쉬는 엄마 눈치를 보며 나와 동생들은 최소한의 할 것들을 해나갔지만 놀고 싶을 때면 아빠의 등 뒤로 숨곤 했다. 이제 생각해보면 엄마가 참 답답했겠다.

고민 많고 해야 할 것도 많은 학창 시절에 엄마와 아빠의 적절한 조화가 많은 도움이 되었다. 틀에 갇히지 않는 아빠의 생각들로 우리의 시야를 넓혀주었고, 그럼에도 적당한 성적과 봉사 시간과 같은 현실적인 것들을 꼼꼼히 챙겨주는 엄마로 인해 중요한 것들을 놓치지 않았다. 예체능 계열 진학을 꿈꾼 내가 수시에서 전부 떨어졌을 때 엄마는 몹시 당황했는데 아빠가 엄마를 다시 잡아주었다.

내가 대학에 못 들어가면 어떡하냐는 엄마의 질문에 아빠는 대부분의 훌륭한 사람은 고등학교만 졸업했다고 대답했고, 배우로 성공하지 못하면 어쩌냐는 걱정에 요즘 유행하는 문장 '하지만 재밌었죠?'처럼 성공은 못해도 하는 일이 즐거우면 그만이라고 이야기했다. 우리 막내 유현이가 무용수를 꿈꾸었을 때도 걱정과 근심을 덜어주며 여유를 갖게 해주었다.

연애한 지 1년 만에 결혼하게 된 부모님은 우여곡절이 참 많았다. 서로가 다른 만큼 많이 끌렸다고 한다. 결혼 직후에는 각기 다른 모습에 서로에게 맞출 시간이 필요했지만, 세월이 지나고 나니 이만한 단짝이 없단다. 아침에 티격태격했다가도 귀가하고 나면 맥주 한잔하기도 하며 오손도손 두 분만의 회의를 하기도 한다.

생활력이 강한 엄마는 경제적으로 든든한 뒷받침을 해

주었고, 두루두루 사람을 많이 알고 현명한 선택을 할 줄 아는 아빠는 모든 문제를 지혜롭게 풀어나갔다. 세상을 살아가며 필요한 부분들을 서로 가지고 있는 부모님은 아웅다웅하면서도 세상을 잘 헤쳐왔다.

너무 다른 모습이지만 서로 닮은 부분도 있다. 부모님은 명예나 부 이런 것보다는 세상을 어떻게 올바르게 살아갈지에 관심이 많다. 내 채널이 성장하며 큰 관심을 얻게 되어 혼란스러웠을 때도 부모님이 어떻게 하면 바르게 살아갈지에 집중했기에 더 중요한 게 무엇인지 금방 깨달을 수 있었다.

주변 어른들이 딸자식이 얼마나 버는지, 얼마나 유명하고 잘나가는지에 대해 궁금해할 때도 그런 식으로 입에 올릴 만한 아이가 아니라며 단속했다고 전해 들었다. 그때 당시 나는 한순간에 바뀌어버린 시선과 생각들로 많이 무서워했는데 부모님은 중심을 잡고 지금처럼 하고 싶은 것 마음껏 하라며 다잡아주었다. 얼마나 버는지, 얼마나 유명한지에 대해 부모님은 크게 신경 쓰지 않는다.

처음에는 크리에이터로 채널을 운영한다는 걸 부모님께 말씀드리지 않았었다. 엄마가 운영하는 학원 학생들이 나를 알아보고 엄마에게 말하면서 알게 되었다. 부모님은 나로 인해 둘째와 셋째가 조바심을 느끼지 않았으면 싶었던 것 같다. 동생들 앞에서는 첫째가 특이하고 이상한 거라고 이야기하며 별일 아닌 것처럼 말하곤 했다. 대신 내게 따로 잘하고 있다, 자랑스럽다 이야기해주었는데 가족 간의 균형을 생각하는 그런 모습을 보고 많은 것을 배웠다. 지금도 유일하게 걱정하는 부분은 세금은 잘 내는지, 과소비를 하는 건 아닌지다. 용돈을 받으면 하루 만에 다 써버리곤 했기에 걱정하실 만하다고 생각한다.

부모님의 서로 같고 다른 모습에 많은 영향을 받으면서 지금의 내가 만들어졌다고 생각한다. 엄마는 어디 가서도 굳세게 살아갈 생활력을, 아빠는 세상을 좀 더 아름답게 살아가는 법을 알려주었다. 내 롤 모델은 엄마고 이상형은 아빠다. 내가 부모님을 이렇게 생각하는 것처럼 미래의 내 아이들도 나를 이렇게 바라봐주면 얼마나 좋을까? 내가 만든 품이 따뜻하다고 느꼈으면 좋겠고 닮고 싶은 모습이라고 생각하면 좋겠다. 늘 부족하고 속 썩이는 딸이지만, 아니 이젠 자랑스러운 딸내미이지만 연애 상담도 인생 상담도 거리낌 없이 잘해주는 부모님과 함께 오늘도 든든하고 힘차게 살아간다.

"아니야, 난 첫째일 리가 없어"
이상, 첫째

흔히 생각하는 좋은 첫째란 동생에게 모범을 보이고 부모님에게 효도하는 든든하고 듬직한 자식이다. 굳이 좋은 첫째가 될 필요는 없지만 어릴 적 몸이 아파 가족들에게 진 빚이 많은 나는 늘 좋은 첫째가 되고자 한다. 하는 일에 충실하고 가족에게 안부 전화를 돌리고 본가에 가면 집안일도 척척 돕는 과정 속에서 드디어 제일 좋은 행동을 발견했다.

누군가에게는 쉬울 수 있지만 누군가에게는 가장 어려운, 그렇지만 제일 중요한 행동이라고 생각한다. 그건 바로 이젠 너무 어색해져버린 유난스러운 애정 표현을 해내는 것이다. 안 해봐서 그렇다는 남사스러운 표현을 굳이 해내는 게 첫째로서의 목표다.

가족 간의 소통과 애정 표현이 필요하다고 느낀 건 대학교 입학 후, 희곡을 분석하면서부터다. 1학년이 되자마자 교수님의 등쌀에 밀려 정말 많은 희곡을 읽었다. 사람 사는 이야기가 담긴 일부 희곡은 서로 비슷한 구조를 가지고 있었다.

우선 중심이 되는 큰 이야기가 쭉 진행된다. 그 주변에 있는 사람들이 목표에 충실하다고 오해하고 갈등을 빚으며 사건을 만들어낸다. 그렇게 극이 클라이맥스로 치닫다가 서로의 진심을 알게 되고 소통으로 갈등이 해소되며 진행되던 중심 이야기도 마무리된다. 희곡 속의 많은 갈등은 표현 부족과 소통의 부재로 시작된다. 사랑하지만 사랑한다고 고백하지 않다가 하게 되는 행동들로 오해가 생긴다. 자신이 정말 이루고 싶은 꿈을 부모에게 말하지 못하다가 생기는 수많은 오류로 갈등이 생긴다.

주야장천 이런 희곡들을 읽다 보니 애초에 표현을 잘 했으면! 솔직하게 다 이야기하며 살았으면! 이렇게까지 길게 복잡하지 않아도 되었을 거라는 생각을 했다. 물론 내가 희곡에 들어갔다면 내용이 훨씬 길어지겠지만, 솔직한 게 그렇게 어려운 일인지 답답할 뿐이었다. 지겹게 읽어내던 어느 날, 희곡이 사람 사는 내용을 담았다면 지금 내가 사는 세상도 다를 게 없을 거라는 생각이 들었다.

내 주변에서 일어나는 갈등 역시 솔직하지 못하거나 표현을 못해서 생기는 것들인지 궁금해졌다. 방구석에서 읽던 두꺼운 희곡집을 내려두고 갑작스레 자아 성찰을 시작했다. 내가 진심으로 대하지 않은 사람은 없는지, 내가 지금 제일 솔직해야 하는 건 무엇이고 누구에게 어떤 표현을 해야 하는지에 대해 생각했다. 역시 가장 마음에 걸리는 건 가족이었다.

표현의 중요성 하면 생각나는 어릴 적 귀여운 에피소드가 있다. 이 에피소드는 이미 짧은 세로 영상으로 제작해 업로드했을 정도로 내겐 너무 귀엽고 소중한 이야기다.

초등학교 때, 서로를 건조하게 대하는 부모님을 보고 엉엉 울며 서로 사랑하지 않느냐고 물었던 적이 있다. 나를 따라 울며 부모님이 이혼하게 될 거라고 이야기하는 남동생 덕분에 분위기는 더욱 심각해졌다. 부모님은 말도 안 되는 소리라며 포옹하고 뽀뽀하며 서로의 출근길을 배웅했다. 나중에 커서 알게 되었는데, 나의 그 한마디가 부모님에게는 큰 충격이었다고 한다. 그날 밤 안방에서 부모님은 비상회의를 열었고, 우리 3남매와 가정의 분위기를 위해 그 어색하고 어려운 표현을 해보기로 했다고 한다. 매일 서로의 출퇴근 길에서 현관문 애정 퍼레이드로 배웅해 주었고, 끊임없이 우리들에게 서로 사랑하는 사이임을 드러냈다.

그 이후로 부모님은 더 돈독해졌고 우리 3남매도 사랑하는 사람들의 모습을 배우며 자랐다. 자식 중 둘이나 성인이 된 지금은 더 이상 그런 모습을 보지 않아도 된다고 생각하는데, 부모님은 3남매가 있으나 없으나 서로를 각별히 챙기고 여전히 연애 때처럼 토라지고 애교 부리며 근엄한 연애를 한다. 이런 모습을 보기 전까지는 눈에 보이는 게 전부가 아니라며 겉치레 같은 표현에 집착하지 말라고 이야기해왔다. 너무 보기 좋고 따뜻하게 변한 부모님을 보면서 이제는 눈에 보이는 게 전부가 아니라고 생각하지만, 눈에 보이게 표현하면 보이는 만큼 더 느껴진다고 이야기한다.

이렇게 부모님의 애정 표현에 대한 문제는 어릴 적 나의 작은 실수로 해결되었다면, 남은 건 우리 3남매와 조부모님이다. 비교적 쉬운 난이도인 남매에 대해 먼저 말하자면, 여전히 보이는 게 전부가 아니라는 듯 간지러운 애정 표현은 안 한다. 앞으로도 아마 어려울 것 같다. 그렇지만 굳이 간지러운 표현이 아니더라도 우리만의 방식으로 표현과 소통을 시도한다.

막내인 여동생은 이유 없이 내 방에 들어와 나를 불러 놓고는 아무것도 아니라며 도로 나간다. 관종이냐며 거실로 따라 나가 잠깐이지만 함께 시간을 보낸다. 아직 미성년자인 막내에게는 '인생네컷' 찍고 '마라탕'과 '탕후루'를 '츄베릅'하자고 하는 게 아마 최고의 애정 표현일 것이다.

둘째는 잊을 만하면 갑자기 전화를 걸어 간단한 안부와 생사 여부를 묻는다. 애인 유무, 통장 잔고, 건강 상태, 흡연과 음주 여부 등등… 이 정도면 충분하다. 우리는 서로를 너무 잘 알기에 어떻게 챙기면 좋은지에 대해서도 잘 알고 있다. 그럼에도 내가 먼저 가끔 보고 싶다고 이 악물고 이야기를 건네곤 한다. 처음에는 무슨 일 있냐고 되묻곤 했는데 꾸준히 이 악물다 보니 동생들도 가끔 보고 싶다고 이야기해준다. 내가 동생들 나이였을 때 가장 필요했던 것들을 깜짝 선물로 건네주곤 한다. 이렇게 챙길 수 있는 이유는 사랑과 괴롭힘을 동시에 주는 시청자 빵쟁이들 덕분이다. 그걸 아는 동생들도 가끔 어떤 이벤트를 열면 좋을지, 어떤 영상을 찍으면 좋을지 말해준다. 늘 좋은 사람이 될 수 있게 해주는 주변 사람들에게 감사하다.

자 이제 가장 넘기 어려운 산인 조부모님이다. 사실 나는 조부모님에게 애정 표현을 하고 소통을 시도하는 게 어렵지 않다. 나를 제외한 다른 가족들이 어려워한다. 이를 위해 나는 더 애교 부리고 조잘조잘 말한다. 더 까불고 더 조잘대며 할아버지와 할머니를 어렵지 않게 대하려 노력한다. 동생의 연애사를 할아버지 할머니께 다 이야기하면서 동생의 입을 강제로 열게 한다. 우리 3남매가 얼마나 잘하고 있는지, 뭘 못하고 있는지 이야기하며 조부모님도 잔소리나 칭찬을 하도록 유도한다.

이런 시도들이 여러 번 반복되다 보니 편해진 남동생은 나보다 더 잘 표현한다. 따로 시간을 내 조부모님 댁에 찾아가기도 하고 가끔 전화도 드린다고 한다. 조부모님에게 어려움 없이 잘하는 동생을 보면서 내 큰 그림이 점점 맞춰지는 기분이다. 아빠는 원래도 과묵하지만 조부모님과 함께 있을 때면 더욱더 과묵해진다. 내가 사춘기를 지나면서 어색해진 아빠와의 관계를 풀었던 것처럼 아빠에게도 할아버지 할머니에 대해 물어보며 부추겼다.

정말 놀랍게도 그날 밤, 약주 한잔한 아버지는 할아버지와 방에서 서로 눈물지으며 진솔한 이야기를 나누었다. 방 앞에서 서성이며 얼추 내용을 듣고 있던 나는 화장실로 뛰어 들어가 엉엉 울었다. 아주 주접에 주책이지만, 조금씩 표현하려는 가족들의 모습에 마음이 따뜻해진다.

처음은 너무 어렵다. 그럼에도 용기 내어 여러 차례 애정 표현을 하다 보면 안 그랬던 사람도 따뜻하게 바뀐다. 상대에 따라 다가가는 속도와 정도 조절하면 더 긍정적인 변화를 가져온다. 이렇게 표현하는 방법을 빵쟁이들이 남기는 댓글 덕에 배웠다. 또 영상을 만들면서 우리 가족들과 나, 주변을 되돌아보며 많은 걸 느끼고 배운다. 온 세상 첫째가 할 수 있는 가장 좋은 일은 적당히 주접부리는 거라고 생각한다. 이 악물고 조금씩 천천히 표현하다 보면 참 좋은 변화들이 많이 생긴다.

"온 세상 첫째 파이팅!"

살아가다 헷갈리면 찾아가는 나보다 어린 사람

둘째 희수는 내게 아빠 버금가는 든든한 존재다. 큰 덩치에 정의롭고 화끈한 성격을 가진 이 친구는 총명하고 생활력도 강해 걱정스런 부분이 전혀 없다. 밥은 잘 챙겨 먹는지, 잠은 잘 자는지 정도가 걱정의 전부다. 깐족깐족 이리저리 부딪히며 무언가를 배우는 나에게 희수는 동생임에도 불구하고 배울 게 많은 사람이다.

어릴 적, 동심 가득한 희수와의 추억을 생각하면 행복한 기억이 끝도 없다. 맞벌이하는 부모님 퇴근 시간에 맞춰 몰래 컴퓨터를 하며 서로 망을 봐주었고, 자기 전에는 이불 안에서 정전기 불꽃 구경을 하다 잠들곤 했다. 둘이서 숨바꼭질, 술래잡기, 게임하기 등 매일매일 즐거운 일들을 함께 나누었다. 둘 다 좋아하는 놀거리도 비슷하고 상상력도 풍부한 덕에 놀이터에서도 다른 남매들보다 재미있게 놀았다. 우리는 늘 상상 이상으로 재미있게 놀았지만 사춘기가 시작되면서부터 문제가 생기기 시작했다.

흔히 동생을 툭툭 치거나 부려 먹는 형, 누나, 언니, 오빠들의 악명은 전 세계 공통인 듯하다. 그중 한 명이 바로 나… 였다고 생각하고 희수도 그렇게 생각할지 모른다. 난 유독 순하고 말 잘 듣는 남동생을 엄마의 잔소리 방패로 이용했다. 부모님께 따로 용돈을 받지 않았던 우리는 설날이나 추석에 받은 용돈을 모아 1년을 쓰곤 했다.

유독 게임을 좋아했던 나와 희수가 여느 때처럼 컴퓨터 앞에 앉아 있던 날이었다. 게임을 하면서 캐시 아이템을 구경하다가 문득 잔머리를 굴려 설날 용돈을 이용해 캐시 아이템을 구매해야겠다는 생각이 들었다. 저금통 안에 있었기에 부모님께 걸릴 위험도 없고, 문화상품권이니 증거는 버리면 아무 문제가 없을 거라고 생각했다.

더 괘씸한 건 그런 생각을 한 내가 직접 문방구에 가서 문화상품권을 사오지 않고 동생을 시켰다. 착한 내 동생 희수는 심부름을 했고, 나는 내 예상대로 들키지 않자 여러 번 반복해서 심부름을 시켰다. 10만 원 정도를 게임에 썼을 즈음, 주기적으로 어린아이가 꼬깃꼬깃한 돈 만 원씩 들고 오는 모습을 이상하게 여긴 문방구 아주머니는 우리 엄마에게 조용히 이 사실을 알렸다.

그날 밤 엄마는 저금통을 뜯었다. 모든 잘못은 나에게 있었는데, 돈을 쓴 사람을 희수로 알고 있는 엄마는 희수를 혼내기 시작했다. 충분히 억울한 상황이었기에 누나가 시켰다고 말할 법도 한데 희수는 아무 말도 하지 않고 가만히 울고만 있었다. 사실 내가 시킨 거라고 솔직하게 이야기하고 잘못한 만큼 혼나면 되는 걸 나는 비겁하게 방구석에 쪼그리고 숨어 있었다.

아마도 그때 희수는 누나가 먼저 이야기해주기를 기다

렸을 것이다. 엄마에게 혼나고 매를 맞는 그 순간에도 희수는 누나의 잘못을 말하지 않았다. 그 일 이후로 나의 비겁함을 뼈저리게 느꼈다. 동생을 궁지로 내몰고 도망친 나와 다르게 오히려 나를 지켜준 희수를 보면서 깊이 반성했다. 그때의 내가 희수에게 미안하다고 진심을 다해 말했는지는 기억나지 않는다. 그때 이야기를 살짝만 꺼내도 순간 어두워지는 동생의 표정을 보면 내가 참 괘씸했다는 걸 알 수 있다.

이 일 이외에도 희수가 정말 좋은 가족이자 친구였다는 생각이 드는 일들은 아주 많다. 어릴 적 희수에게 실수했던 기억들이 떠오르면 문득 느껴지는 미안함과 고마움을 작은 용돈으로나마 대신하곤 한다. 미안해하는 내 마음을 동생은 알까? 알아주길 바라는 것도 미안할 정도다. 어린 마음에 막 대하고 놀리고 짜증 나게 굴었지만 희수는 그 속에서도 묵묵히 나를 누나로 대하며 잘 따라주었다. 지금은 어딜 가나 가족들을 생각하고, 가끔은 부모님과 조부모님까지 챙기는 모습에 어느새 훌쩍 커버렸다는 생각이 든다.

살아가다 헷갈리는 일이 생길 때면 나는 둘째를 찾아가곤 한다. 내게 없는 진중한 모습을 가진 희수를 볼 때면 나도 동생들에게 모범을 보이고자 노력하게 된다. 늘 자리에서 묵묵히 둘째로서의 몫을 다하고 있는 것 같아 여전히 멋지다. 나는 둘째를 생각하면 한없이 고맙고 미안하다. 또 그래서 나의 좋은 자극제가 되기도 한다.

양씨 집안 막내 자식과 함께한 따뜻차가운 날들

이씨 가문 여왕님과 양씨 가문 왕을 섬기며 사는 3남매들 중 가장 많은 관심과 걱정을 한 몸에 받는 건 막내 유현 아씨다. 우리 유현 아씨는 어릴 적부터 거친 말, 과도한 애교, 생떼가 주특기였는데 그것을 받아줄 수 있는 사람은 아무도 없었다. 집안에 받아주는 사람이 없다 보니 친구들에게 가서 풀었는지 친구들과의 다툼도 둘째와 첫째에 비해 빈번했다. 그렇기에 왕과 여왕님의 걱정은 날이 갈수록 늘어갔는데….

어릴 때부터 막내는 끼가 많았다. 유독 애교가 넘치고

춤과 노래를 좋아했다. 사람도 정말 좋아했지만 한창 남매끼리 치고받으며 놀아야 할 시기에 둘째와 나는 격렬한 사춘기를 통과하느라 함께 놀아주지 못했다. 예민하고 짜증만 내는 언니 오빠 대신 친구들과 즐겁게 놀 법도 했지만, 학원이 끝나면 집에 돌아오는 패턴을 반복해야 했던 유현이는 또래와 노는 시간도 부족했다. 몸이 아픈 나를 챙기기에 바빴던 부모님이 유현이까지 살뜰하게 챙기기에는 시간도 부족하고 힘도 부쳤다.

나와 둘째가 함께 동심을 채웠을 나이에 유현이는 집에서 인형이나 휴대전화 혹은 TV를 보며 시간을 보냈다. 친구들과 잦은 다툼으로 힘들어할 때 몇 번은 듬직한 언니 오빠로서 나서주었지만 반복되는 문제 속에 도움의 손길마저 거뒀다. 사춘기가 찾아올 즈음 유현이도 조금씩 말수가 적어지고 의기소침해지기 시작했다. 한창 배우를 꿈꾸던 나는 유현이가 바라는 게 뭔지도 모른 채 꿈을 찾으라고 보채기만 했다. 유현이는 학년이 올라갈수록 생기를 잃었다. 그걸 보는 가족들은 안타까움만 가진 채로 하루하루를 보내기 바빴다.

유현이에게 꽤 힘든 일이 있었던 어느 날, 나는 여전히 내 방 안에서 휴대전화를 만지작거리고 있었다. 유현이에게 충분히 따뜻한 손길을 건넬 수 있었지만 해보지 않아 어려웠고 부끄러운 마음에 관심보다는 외면을 선택했다. 한창 전화기를 들여다보다가 저녁이 되어 주방으로 향하는데 유현이가 누군가와 전화를 하고 있는 소리가 들렸다. 엄마와 통화하는가 싶어 문을 살짝 열고 조용히 들여다보았는데, 한참을 바라보다 나는 조용히 문을 닫아줄 수밖에 없었다. 유현이는 방에 있는 인형들 중 자기가 유독 아끼는 인형을 마주 보며 대화를 나누고 있었다.

바쁜 가족들 속에서 가만히 자신을 지켜봐주는 존재가 아마 인형뿐이라고 생각했던 모양이다. 가족들 모두 이리저리 눈동자를 굴리며 바쁘다는 핑계로 유현이를 저만치 미뤄두었던 것이다. 유현이는 검은 플라스틱 눈으로 자기를 지긋이 바라봐주는 인형을 붙잡고 속상했던 지난 이야기들을 풀어놓고 있었다.

충격을 받은 나는 어쩔 줄 몰라 방으로 돌아와 소리 없이 울었다. 어떻게 해야 할지 몰라 별말 없이 간식을 건네주고 돌아왔다. 어떤 일이 생길 때마다 조금씩 대화를 시도했지만 서로 어색함을 느낄 때면 나는 재빠르게 도망쳤다. 그저 유현이가 많이 외롭고 힘들다고 알고만 있을 뿐 분명한 도움의 손길을 내밀지 못했다.

그렇게 어영부영 바쁘게 지내던 어느 날, 유현이는 드디어 꿈을 찾았고 조금씩 변하기 시작했다. 유현이는 춤을 추고 싶어 했다. 특히 현대무용을 좋아했다. 그런데 유현이가 아무리 진지하게 이야기해도 가족들은 진지하게 생각하지 않았다. 일단 해보고 생각하라고 이야기했다. 체험판 느낌으로 학원에 보냈지만 예상과 달리 진지하게 임하는 유현이의 모습에 가족들은 조금씩 마음의 준비를 하기 시작했다.

처음 보는 유현이의 진지한 면일지라도 공부를 중요하게 생각하는 엄마가 또 예체능을 선택한 자녀의 선택을 쉽게 받아들이지 못할 거라고 나는 예상했다. 나는 주변에 무용수로 살아가는 친구들의 이야기와 많은 장점들, 그리고 유현이에게 어떤 도움이 되는지를 은근히 엄마에게 전달했다. 체험 형태로 보내던 학원이 점점 본격적으로 바뀌었고 그에 걸맞게 부단히 노력하는 유현이의 모습에 감동한 온 가족은 진심을 다해 응원하기 시작했다. 유현이의 예민하고 까탈스러운 성격이 점점 재치 있게 바뀌어갔다. 학원생활에서 배우는 여러 가지 인간관계들로 유현이는 점점 성숙해졌다.

가족 입장에서는 보기 안타깝지만 신체도 점점 무용수처럼 탄탄하게 메말라갔고 밤새 휴대전화를 만지던 아이가 폼롤러와 씨름하다 잠들곤 한다. 가족들을 붙잡고 학교에서 있었던 친구들과의 관계에 대해 짜증을 내며 한풀이하던 유현이는 이제 진지하게 진로에 대해 이야기하거나 오늘 무용 학원에서 배운 동작들을 뽐내곤 한다. 초반에 유현이가 보여주는 동작들은 내가 이미 연기과 입시 때 가족들에게 보여준 동작들이라 억지 칭찬이 나왔지만, 이제는 전공생만 할 수 있는 동작들을 선보이니 가족들이 입을 떡 벌리고 진심으로 환호할 수밖에 없는 수준에 이르렀다.

조금은 걱정되었던 유현이가 비로소 하고자 하는 걸 찾은 후에 건강하게 성장하는 모습을 지켜보며 꿈이 주는 힘을 느낀다. 기특한 막내 곁에서 내가 어떤 도움을 줄 수 있는지에 대해서도 많이 고민한다. 가끔 영상 속에서 유현이를 철없는 개구쟁이로 녹여내 미안하지만, 내가 유현이를 놀릴 수 있는 유일한 방법이라 이 강력한 무기를 포기할 수는 없다.

한편으로는 꿈을 찾아 나아가기를 원하는 빵쟁이들을 위해 내가 어떤 이야기를 해주면 좋을지에 대해서도 고민이 많다. 나중에 막내가 꿈을 이루거나 그 과정에서 본인의 일을 찾는다면 함께 머리를 맞대고 도움이 될 수 있을 만한 이야기들을 담아 영상으로 공유하고 싶다. 막내에 대한 따뜻한 이야기를 적고 있는 이 와중에 우리 막내는 문자로 고양이 츄르와 장난감을 주문하라고 한다. 언제 우리 막내는 자기가 알아서 할까….

고양이 자식,
오늘도 나는 너를 공부한다

나는 어릴 때부터 동물을 굉장히 좋아했다. 지금은 당연히 없어졌지만 마트에서 동물들이 있는 코너를 마주치면 엄마 손을 놓고 한참을 들여다보았다. 길고양이나 강아지를 마주치면 졸졸 쫓아갔다. 한때 수의사나 사육사가 진지한 장래 희망일 정도였다.

이를 옆에서 지켜보던 부모님은 작은 동물들이라도 키울 수 있게 해주었다. 햄스터, 기니피그, 토끼를 키웠는데 어린 마음에 그저 옆에 두고 싶다는 생각으로 공부도 하지 않은 채 데려왔다. 그 친구들에 대해 아는 게 없으니 이들은 내 옆에 오래 함께 있지 못했다. 최선을 다해 잘해주지 못해 참 많은 이별을 마주했다.

죄책감만이 가득한 기억은 앞으로 절대 동물을 키우지 않으리라 다짐하게 만들었다. 그 이후 유기견 '간지'를 엄마의 주도 아래 자연스레 데려오게 되었다. 간지는 가족 모두가 함께 키웠고, 강아지에 대한 상식은 잘 알려져 있으니 어려움이나 걱정은 크게 없었다. 그럼에도 나는 새로운 동물을 들이지 않겠다고 생각했다.

자취를 시작하고 나서부터 왠지 모르게 새끼 고양이를 임시로 보호해줄 수 있겠느냐는 부탁을 많이 받았다. 한 칸짜리 원룸에서 내 생활비도 버거운데 고양이를 책임질 수는 없었다. 짧게 임시 보호를 하는 것이라도 정이 생길까 두려워 칼같이 거절했다. 이런 부탁이 여러 번 반복되다 보니 조금씩 고양이 친구들이 눈에 들어오기 시작했다.

졸업하고 스물네 살이 되었을 무렵, 경제적 자립을 하고 새로운 집으로 이사를 가기 위해 알아보고 있을 시점이었다. 기다렸다는 듯이 또 어미 잃은 새끼 고양이가 나타났다. 나는 당연히 데리고 오려 했으나 동료 크리에이터인 '달쑤'가 내게 많은 질문을 던졌다.

고양이에 대해 얼마나 알고 있는지, 매달 지출되는 비용이 얼마나 드는지, 고양이를 위해 규칙적인 생활을 할 수 있는지, 온전히 생명을 책임질 준비가 되어 있는지, 감수해야 하는 부분을 정확히 알고 있는지 등등 정말 많은 질문을 받았다. 나는 전혀 준비가 되어 있지 않았다. 어릴 적 단지 내 옆에 두고 가까이 보고 싶다는 마음 하나로 동물들을 데려왔던 그때와 다를 게 하나도 없었다. 다시 그때의 죄책감을 느꼈고 나는 공부를 시작했다.

당장 동물을 들이고자 공부를 시작한 게 아니었다. 직감적으로 다음에 또 똑같은 선택의 기로에 놓인다면 주저 없이 데리고 들어올 것 같아서였다. 같은 실수를 반복하고 싶지 않았고, 지난날의 죄책감을 극복하고 싶었다. 언젠가 동물 친구가 찾아왔을 때 다른 사람에게 넘기지 않고 내가 꼭 품어주고 싶었다. 공부를 시작한 지 얼마 안 되었을 즈음 고양이가 나의 생활 패턴과 잘 맞는 반려 친구라는 걸 알게 되면서 나는 더욱더 매진했다. 마치 운명처럼 고양이가 나타나길 바라는 것처럼 몇 개월 동안 공부했다.

시간이 지나 돈도 많이 저축하고 이사 갈 집도 구했다. 갑자기 바빠진 내 일정 때문에 잠시 고양이에 대한 생각을 잊었을 무렵이었다. 한창 촬영 일정을 소화하고 있던 중이었다. 나는 내가 너무 좋아하는 배우 선배님의 스토리에 올라온 구조된 새끼 고양이에 관한 글을 봐버리고 말았다. 처음에는 보고 그냥 지나쳤지만 슬슬 촬영에 집중하지 못했고, 결국 귀가 후 몇 시간을 고민하다 구조자에게 연락했다.

이사 이후에 데리고 와도 되겠느냐는 내 조심스러운 질문에 너그럽게 응해주었고, 나는 이사를 하고 고양이가 지낼 수 있을 만한 환경을 모두 갖춘 뒤에 고양이를 데리고 왔다. 처음 구조한 분은 고양이 코 옆에 검은 점이 있어 먼로라고 불렀다. 그 이름 그대로 가져와 '빵린리먼로 1세'라는 이름을 붙여주었다. 정식으로는 '빵릴린 먼로'라고 지어야 했지만 입에 붙기 쉽게 '린리'로 바꿔 불렀다.

고양이를 처음 데리러 간 날을 나는 잊지 못한다. 너무 두렵고 설레어 주변 크리에이터 친구들을 총동원해 데리러 갔다. 너그러운 구조자는 흔쾌히 친구들 전부를 집 안에까지 들여보내주었고 우리는 반려동물에 대해 길게 이야기를 나누다 헤어졌다. 그분은 우리를 배웅하며 눈시울이 붉어졌다. 지금도 연락하고 지내는데 종종 장난감을 보내주곤 한다. 그분께 생명을 대하는 태도를 배우면서 나의 초보 집사의 첫걸음이 시작되었다.

고양이는 예민한 동물이기 때문에 안 좋은 기억을 심어주지 않는 게 중요하다고 배웠다. 새로운 공간에 적응할 수 있도록 어두운 방에 혼자 두고 스스로 케이지에서 나오도록 시간을 주어야 한다. 예상과 달리 문을 열자마자 튀어나오는 먼로를 보며 성묘가 되었을 때의 이 친구 성격이 벌써부터 느껴졌다. 오랫동안 어미가 없는 상태로 있다 구조된 고양이라서 고양이 언어를 잘 몰랐고 그만큼 사회성이 떨어졌다. 내가 공부한 고양이들과 많이 다른 먼로의 모습에 조금은 당황스러워 공부를 멈출 수 없었다.

그리고 큰 숙제가 남아 있었다. 바로 본가로의 합사였다. 본가 근처로 들어갈 계획이 있던 나는 부모님과의 긴 회의 끝에 먼로를 본가에 먼저 적응시키기로 했다. 우리 집에는 강아지 간지가 12년가량 터줏대감 노릇을 하고 있는 터라 걱정이 많았다. 간지도 사회성이 떨어지는 친구이기에 합사에 많은 시간이 필요할 거라고 생각했다. 하지만 합사 첫날, 의외로 한 시간 만에 성공했다. 둘 다 사회성이 떨어졌지만 오히려 그 점 덕에 서로를 자연스럽게 받아들인 것 같다. 나이가 든 간지와 아직 어린 먼로의 합은 너무 웃겼다. 가족들의 애정과 관심이 먼로에게 쏠리는 걸 질투하며 간지는 방방 뛰어다녔다.

마침 간지는 관절염과 심장병 때문에 산책을 많이 하지 못하는 상황이었는데 먼로 덕분에 활기를 찾았다. 먼로는 새로운 동물의 등장으로 더욱더 날뛰기 시작했고, 늘 나만 신나게 떠들던 우리 집은 이제 셋의 소리로 시끌벅적해졌다. 무뚝뚝하던 아빠는 원래 거실에 한두 번 나올까 말까 하지만, 끊임없이 애교를 부리며 거실에 나왔다. 이 애교 부분은 여전히 적응하기 힘들다. 아빠는 술이라도 한잔하면 강아지, 고양이, 우리의 간식을 한 봉지씩 사 들고 왔다.

간지가 무지개다리를 건너기 전, 먼로는 신경도 쓰지 않던 큰 담요를 물고 거실로 나오기 시작했다. 엄마가 애써 정리해두면 다시 물고 나오는 먼로를 매번 다그치다 지쳐 거실에 그냥 깔아두었다. 그런데 막상 깔아둔 담요에 앉지 않는 먼로를 보며 엄마는 좌절했다. 그 담요는 간지가 애정하던 담요였다. 며칠 뒤 간지는 그 담요 위에 누웠고, 지긋한 눈빛으로 가족들을 한 명씩 바라보다 끝내 무지개다리를 건넜다.

동물들끼리만의 어떤 교감이 있는 것 같다. 간지는 쉬지 않고 먼로를 질투했지만 떠나면서 먼로에게 가족들을 잘 부탁한다고 전한 모양이다. 간지를 꽤나 귀찮아하던 먼로였지만 간지가 좋아하는 담요에서 마지막을 보낼 수 있도록 그 작은 몸으로 낑낑대며 큰 담요를 끌고 나왔다. 먼로는 아직도 간지가 있던 자리에 눕지 않는다. 가끔 그 근처에 가서 한동안 냄새를 맡고 허공을 바라본다. 뭔가 믿기 어려운 부분도 있지만 간지와 먼로는 끝내 가족이 되어 서로 이별했다.

간지와 비슷한 인형을 선물받아 먼로 앞에 놓아주었을 때 그 당황한 듯한 표정과 행동을 잊을 수가 없다. 이제는 먼로가 간지의 자리를 대신하고 있다. 나도 본가 근처로 돌아와 당당한 백수 프리랜서라는 이름으로 가족들이 출근하면 먼로를 돌본다. 먼로는 다른 고양이들처럼 비비대거나 골골송을 불러주거나 꾹꾹이로 애정 표현을 하진 못하지만 우리 가족은 먼로의 애정을 느낀다.

먼로는 사냥놀이에 성공해 장난감을 가져갔다가 다시 나에게 가져온다. 다시 시작하라는 뜻이다. 간지 못지않게 참 똑똑하고 충분히 소통이 되니 먼로와 나는 30분 동안 온 집안을 뛰어다니고 나서야 멈춘다. 엄마는 왜 고양이보다 난리냐고 하지만 이래야 먼로가 더 신나게 뛰어다니고 덕분에 나도 운동이 되니 좋다.

이제는 어릴 적 내가 했던 실수를 반복하지는 않을 것 같다. 생명의 책임감에 대한 무게를 알려준 옛날의 내 동물 친구들에게 미안함과 고마움을 느낀다. 우리 곁에서 잘 지내다가 떠나는 그 순간까지도 가족을 위하고 간 우리 간지에게도 미안함과 고마움을 느낀다. 그리고 앞으로 우리 가족과 함께 살아갈 먼로는 지금 침대 커버를 찢고 있다.

나를 지켜봐주는 시청자들과 곁에서 함께 힘이 되어주는 사람들 덕분에 이만큼의 책임을 다할 수 있는 것 같다. 역시 무한한 고마움을 느끼며 나는 오늘도 먼로의 똥간을 치우고 장난감과 사료, 간식을 구매하며 유튜브로 먼로에 대해 공부한다.

간지,
너에게 눈빛으로만 했던 말

13년 동안 함께한 반려견 간지에 대해 글을 쓰겠다고 생각했을 때, 간지는 거실에서 힘차게 고양이 먼로를 괴롭히고 있었다. 그러나 이 글을 쓰는 지금, 간지가 무지개다리를 건너 쉬고 있으니 느낌이 묘하다. 본가 현관문을 열고 들어가면 간지가 제일 먼저 달려와 방방 뛰었다. 내가 무릎을 꿇어 눈높이를 맞추지 않으면 절대 멈추지 않았다. 힘든 순간도 좋은 순간도 함께하며 13년이라는 시간을 보냈다.

간지는 정말 천재 강아지였는데, 사람의 감정에 공감하

는 방법을 알고 있었다. 가족 중 한 명이 슬퍼하면 조용히 옆에 앉아 빤히 쳐다보거나 경계 자세로 방문을 지켰다. 냄새를 맡거나 긴장하면 침을 흘리는 특징을 가지고 있었다. 사람과 눈을 마주치는 걸 너무나 좋아했다. 그리고 강아지 카페에 놀러가면 뭔가 강아지 서열을 이해하지 못해 겉돌다가 결국엔 나랑 놀았다. 그 이후로 그곳에 다시는 가지 않았다.

간지에 대한 이야기는 끝이 없다. 처음 간지에 대해 쓰겠다고 마음 먹었을 때는 러브레터 느낌으로 간지에 대한 모든 일화를 담으려 했다. 하지만 지금은 이 모든 것들을 그저 마음에 담아두고 싶다. 간지의 소식을 전하지 않으려 했으나 마음으로 같이 키워준 팬들에게 알리지 않는 건 예의가 아니라는 생각이 들어 마음을 담아 채널에 공유했다. 댓글과 메시지 창을 가득 메운 이야기들 덕에 이별을 부정하지 않고 온전히 받아들일 수 있었다. 덕분에 간지를 떠올리면 이별의 슬픔보다는 따뜻한 추억들이 가득하다.

사랑하는 반려동물을 떠나보내는 그 슬픔의 무게는 감

히 글로 다 옮길 수가 없다. 앞으로 살아가면서 많은 이별을 겪겠지만 익숙해지진 못할 것 같다. 아버지도 간지를 보내며 나와 같은 이야기를 했다. 살면서 많은 이별을 겪었기에 익숙해질 만도 한데 절대 익숙해지지 않는다고 했다. 하지만 우리 곁을 떠나는 이들은 우리가 씩씩하게 남은 생을 잘 살아가기를 바랄 것이다.

다음은 간지가 무지개다리를 건넌 당일 팬들에게 쓴 글이다.

2023년 7월 19일 수요일 오후 7시 48분에
간지가 무지개다리를 건넜습니다.
15세 노견 간지는 이틀 전부터 기력이 없다가,
오늘 집에 돌아온 아버지를 확인하고
두 번 크게 숨을 내쉰 후에 편안하게 갔습니다.
두 살 때 '간지'라는 이름으로 다른 집에서 지내다가
키우던 분의 사정으로 우리 집으로 온 간지는
약 12년 정도 우리와 함께 지냈습니다.
모든 인연에 만남과 헤어짐은 당연하지만

담담하게 받아들이기에는 마음이 많이 쓰립니다.
살면서 항상 모든 만남에 아쉬움이 없으려 노력하지만
참 어려운 것 같습니다.
간지는 가족 중 한 명이 울거나 웃으면 함께 공감해주던
똑똑하고 마음 따뜻한 강아지였습니다.
먼로(고양이)를 좀 질투하긴 했지만 나름 대인배였습니다.
양씨네 가족이 좀 더 씩씩하게 살아갈 수 있었던 건
하루를 마치고 집에 들어설 때
싱글벙글 달려오던 간지 덕분입니다.
간지가 이렇게 오래 잘 살다 갈 수 있었던 건
여러분의 덕이 큽니다.
여러분의 사랑과 관심 덕분에 못 받고 있던 치료도 받고
간식이나 사료도 아주 맛 좋은 것들로 먹이고
친구 먼로도 들일 수 있었습니다.
여러분과 간지의 모습을 좀 더 공유하지 못해 죄송합니다.
간지 혀 수납 못한다고 놀린 사람들 꿈에 간지 나옴.
아무쪼록 늘 감사드리며 멋진 간지, 이제 편하게 쉬라고
마음속으로 잘 보내주세요. 감사합니다.

그래 간지야, 아주 고생했다.

나에게 있던 불만은 언니가 따라가면 그때 알지?

술 한 사발 하자. 고맙다.

_이상 폭풍 성장 중인 주인장 올림

나가며

나도 모르게 나를 이겨낸 정답 없는 날들에 부쳐

글을 써내려 가며 홀로 소리 없이 고군분투했습니다. 책을 쓴다는 건 혼자 생각을 정리하거나 기록하기 위한 글과는 달랐습니다. 시원하게 써내려 갈 만한 내용들도 한 자 한 자 신중을 기울였습니다. 내 느낌대로 글을 적다가도 확신이 들지 않아 모두 지워버렸어요. 초등학교 1학년 문제집에서 처음으로 한자를 마주하고는 좋아하는 만화영화가 시작하기 전까지 숙제를 해낼 수 없을 거라는 직감에 서글피 울었던 것처럼 엉엉 울기도 했지요. 왠지 글쓰기에 내가 모르는 정답이 따로 있을 것 같았거든요.

가만히 생각해보면 어떤 일을 맡아 해낼 때 무의식적으로 '정답'이라고 말하는 것들을 찾게 됩니다. 일단 시원하게 써나가지 않고 처음부터 이리저리 헤맸던 이유는 최대한 잘 해내고 싶었기 때문이에요. 모든 연령대가 술술 읽을 수 있었으면 싶었습니다.

아픈 내용을 장난스럽게 써보기도 하고 가벼운 이야기를 진지하게 써보기도 했습니다. 글쓰기가 막히는 날이면 약속을 미뤄둔 채 밤새 썼다 지우기를 반복했고 산책하다가, 뮤지컬 연기를 펼치다가 다시 앉아 글을 썼습니다.

창작에는 정답이 없다고 생각했는데 만일 책을 쓰는데 정답이 있다면 그 기준이 뭔지도 헷갈렸어요. 내가 정하면 될 것 같기도 한데 내가 정하면 안 될 것 같은 느낌이었죠. 나에게 어떤 이야기를 전한다는 건 말과 온몸을 사용하면 너무나 쉬운 이야기입니다. 그렇지만 텍스트를 통해 공식적으로 누군가에게 설명하는 것 자체가 처음이고, 또 읽기 쉽게 써야 하는 글이라고 생각하니 더 어려웠던 것 같아요.

글쓰기에 적응하면서 초보 크리에이터 시절이 많이 생각났습니다. 봐주는 사람들이 공감할 수 있을지, 봐주는 사람은 있을지, 이 표현들이 누군가의 기분을 망치진 않을지, 애초에 이렇게 찍는 게 맞긴 한 건지 의아해하며 긴장했던 그때의 모습이 지금과 똑같거든요. 제법 늠름한 3년 차 크리에이터가 되고 보니 더 어려운 부분들도 있지만 영상을 통해 수월하게 내 생각을 담아내고 있습니다. 새로운 시도는 언제나 정답을 찾아가며 좌충우돌하는 듯합니다. 정해진 정답이 있을 거라는 생각에 불편하게 적응해나가곤 하지만 결국 그 과정 끝에 정해진 정답은 없고 나만의 답을 찾을 뿐이죠.

내 곁에는 정답인지 아닌지 알려주는 사람이 없었습니다. 대부분의 사람이 그럴까요? 나도 정답이나 조언을 구하지 않았지만, 사실 정답을 제대로 아는 사람도 없었습니다. 그냥 해보고 실패하고 좌절하고 발견하고 다시 도전했습니다. 늘 일단 해보는 성격 탓에 막상 뛰어들면 예상보다 훨씬 힘들었지만 그랬기에 다른 사람은 모르는 나만의 길을 찾게 되는 것 같아요. 부수적으로 될 때까지 하고 안 되는 것마저 즐기는 태도가 필요하지만, 일단은 정답을 찾아보고 그 과정에서 좌충우돌하거나 포기하게 되어도 다 자기만의 가치가 있는 길인 것 같습니다. 나만 아는 고즈넉한 길을 걸어가는 느낌이 든다면 자신만의 정답을 찾아 잘 살아가고 있는 게 아닐까 싶어요.

만일 내가 헤매고 있을 때 "이게 내가 원했던 정답입니다! 완벽합니다! 빵떡 씨 훌륭해요!"라며 누군가 정답을 정해줬으면 어땠을까요? 글을 쓰며 상상해보니 제대로 속이 시원하긴 하네요. 그런데 만일 그랬다면 자신이 생각하는 목표와 꿈이 조금은 흐려지지 않을까요? 내가 원하는 모습이 아니더라도 빠르게 전진할까요? 그걸 오히려 만족하는 사람이라면? 서로 생각하는 방향이 많이 달라진 요즘이기에 역시 어렵습니다.

한편으로는 욕심이지만 나만의 색깔대로 살아가고 싶은 사람으로서 정답을 찾아 나서는 내 모습이 온전히 마음에 들었으면 합니다. 차라리 헤매더라도 내심 작은 힌트조차 없었으면 합니다. 루푸스 10년 차 환자에서 배우, 크리에이터가 된 지금까지 평범할 수 없었기에 원하는 모습을 더 잘 아는 것일 수도 있습니다.

글을 쓰다 늦은 새벽이 되어버렸을 때, 어두운 방 안에서 눈물을 머금고 왜 책을 쓰고자 했는지 생각했습니다. 그냥 영상으로 설명하면 되는 걸 왜 그랬을까? 지난날의 선택을 후회하기도 했죠. 일주일에 아홉 시간도 채 자지 않고 삶의 패턴이 완전히 망가지고서야 자꾸만 꾸미려고 하는 나를 내려놓기 시작했습니다.

저자가 같은 나이 또래에 비해 성숙하게 느껴졌으면 했고, 진지한 내용은 재치 있게 풀어내고 싶었고, 어리숙하게 보이고 싶지도 않았습니다. 에라이! 내려놓고 나서야 하고자 하는 이야기가 제대로 담기기 시작했습니다. 전체적으로는 책이 어수선할 수도 있지만 그런 과정이 온전히 담겨 있어 오히려 보는 재미가 있기도 했을 거예요.

늘 새로운 작업을 하다 보니 정답을 찾아 나서는 과정이 삶과 비슷하다고 느껴집니다. 우리의 선택과 행동이 좀 더 좋을 수는 없을지, 또 남들은 어떻게 했는지 비교하고 망설이며 내가 하고 있는 것들을 의심하기도 합니다. 짧은 영상들을 넘기다 보면 어르신들의 인터뷰를 자주 마주하게 되는데요.

인터뷰어는 그들에게 젊은이들이 어떻게 살아가면 좋을지 물어보고, 어르신들은 인생에는 정답이 없으니 망설이지 말고 도전하며 매 순간을 누리라고 말합니다. 그들의 대답에 뭔지 모를 용기를 얻어 충동적으로 많은 일들을 벌이지만, 시간이 지나면 다시 세상 어딘가에 있을 정답을 찾아다니며 시무룩해져 있는 나를 발견합니다.

허심탄회하게 말하면 그냥 내 마음에 들게 나대로 살아가고 싶은 것 같아요. 나를 보는 많은 사람들도 그랬으면 좋겠습니다. 철이 없는 건지, 무모한 건지, 어른들이 정해준 세상을 상대로 반항하는 건지 모르겠어요. 우리와 같은 사람들이 다 일궈놓은 세상에서 우리와 같은 사람들과 살아가는 것이니 모든 것에 완벽한 정답은 없지 않을까요? 자신이 생각하는 목표와 꿈을 찾아 인생 여정을 떠난다면 그것이 정답이지 않을까요? 이 역시 어렵고 정답은 없습니다. 역시 정답이 없다고 생각하며 열정적으로 살아가야겠어요. 이 책에 담은 경험들을 소중히 끌어안고 살아가다가 또 다른 경험을 써내려 갈 때는 지금보다 더 풍부해져 있기를….

여기까지, 삶을 버리기 쉬웠을 사람의 조금은 최악인 경험과 나도 모르게 이를 이겨낸 에피소드를 통해 사람들에게 전하고 싶은 위로인 듯 장난인 듯한 이야기였습니다.

KI신서 11762
고충 입원실의 갱스터 할머니

1판 1쇄 발행 2024년 3월 20일
1판 10쇄 발행 2025년 1월 9일

지은이 양유진
펴낸이 김영곤
펴낸곳 (주)북이십일 21세기북스

인문기획팀장 양으녕 **인문기획팀** 이지연 서진교 노재은 김주현
디자인 형태와내용사이
출판마케팅팀 한충희 남정한 나은경 최명열 한경화
영업팀 변유경 김영남 강경남 황성진 김도연 권채영 전연우 최유성
제작팀 이영민 권경민

출판등록 2000년 5월 6일 제406-2003-061호
주소 (10881) 경기도 파주시 회동길 201(문발동)
대표전화 031-955-2100 **팩스** 031-955-2151 **이메일** book21@book21.co.kr

ISBN 979-11-7117-450-8 03810

친구 양유진이자 좋아하는 크리에이터인 '빵먹다살찐떡'의 컨텐츠들을 참 좋아한다. 유진이의 영상은 일상을 재미있게 풀어내는 가벼운 이야기일지라도 언제나 시청자들을 향한 깊은 배려가 보인다. 담담하게 써 내려간 이 책 속 문장마다도 그 힘이 그대로 녹아들어 있었다. 좋은 사람 그리고 멋진 배우가 되겠다는 25살 내 친구 유진이를 온 마음으로 응원한다.

_가수 이수현(AKMU)

한마디 한마디 유쾌하면서도 모든 순간들에 진중한 이 사람의 에너지는 대체 어디에서 나오는 건지 늘 궁금했다. 용기 있게 솔직하면서도 행여 읽는 이가 놀랄세라 사려 깊게 쓰인 문장들 사이사이, 타인이 어떤 모양이든 사랑하려 노력하는 인간 양유진이 보인다. '빵먹다살찐떡'이 약을 먹어도 삶을 찌울 수 있었던 그 에너지를 조금씩 받아 가보자.

_배우 오세진(티키틱)

하염없이 밝은 '빵먹다살찐떡'과 때론 진중한 '양유진'. 그녀는 숨겨왔던 자신의 깊은 지난날마저 친한 친구처럼 이야기한다. 외롭거나 삶이 지치고 힘들 때 읽으면 좋은 책.

_배우 김민규